JN038076

ロクでなし魔術講師と禁忌教典《アカシックレコード》
Akashic records of bastard magic instructor

Akashic records of bastard magic instructor

CONTENTS

「化け物め」
フォーゼル＝ルフォイ＝
エルトリア

「うるっさい！
私だって……意地があるのよッ！」
ルナ＝
フレアー

「ふん。ようやく目が覚めたか」
アルベルト＝フレイザー

「まさかまさか、こんなところに、あの【天曲】の使い手がいたなんて」
エリエーテ＝ヘイヴン

ロクでなし魔術講師と禁忌教典《アカシツクレコード》21

羊 太郎

ファンタジア文庫

3212

口絵・本文イラスト　三嶋くろね

教典は万物の叡智を司り、創造し、掌握する。
故に、それは人類を
破滅へと向かわせることとなるだろう——。

『メルガリウスの天空城』著者：ロラン＝エルトリア

Akashic records of bastard magic instructor

Character

Main

システィーナ＝フィーベル

―

生真面目な優等生。偉大な魔術師だった祖父の夢を継ぎ、その夢の実現に真っ直ぐな情熱を捧げる少女

グレン＝レーダス

―

魔術嫌いな魔術講師。いい加減でやる気ゼロ、魔術師としても三流で、いい所まったくナシ。だが、本当の顔は――？

ルミア＝ティンジェル

―

清楚で心優しい少女。とある誰にも言えない秘密を抱え、親友のシスティーナと共に魔術の勉強に一生懸命励む

リィエル＝レイフォード

―

グレンの元・同僚。錬金術で高速錬成した大剣を振り回す、近接戦では無類の強さを誇る異色の魔導士

アルベルト＝フレイザー

―

グレンの元・同僚。帝国宮廷魔導士団特務分室所属。神業のごとき魔術狙撃を得意とする凄腕の魔導士

エレノア＝シャーレット

―

アリシア付侍女長兼秘書官。だが、裏の顔は天の智慧研究会が帝国政府側に送り込んだ密偵

セリカ＝アルフォネア

―

アルザーノ帝国魔術学院教授。若い容姿ながら、グレンの育ての親で魔術の師匠という謎の多い女性

Character

Academy

ウェンディ＝ナーブレス

―

グレンの担当クラスの女子生徒。地方の有力名門貴族出身。気位が高く、少々高飛車で世間知らずなお嬢様

リン＝ティティス

―

グレンの担当クラスの女子生徒。ちょっと気弱で小柄な小動物的少女。自分に自信が持てず、悩めるお年頃

ギイブル＝ウィズダン

―

グレンの担当クラスの男子生徒。システィーナに次ぐ優等生だが、決して周囲と馴れ合おうとしない皮肉屋

カッシュ＝ウィンガー

―

グレンの担当クラスの男子生徒。大柄でがっしりとした体格。明るい性格で、グレンに対して好意的

セシル＝クレイトン

―

グレンの担当クラスの男子生徒。物静かな読書男子。集中力が高く、魔術狙撃の才能がある

ハーレイ＝アストレイ

―

帝国魔術学院のベテラン講師。魔術の名門アストレイ家出身。伝統的な魔術師に背くグレンには攻撃的

Keyword

魔術

Magic

—

ルーン語と呼ばれる魔術言語で組んだ魔術式で数多の超自然現象を引き起こす、
この世界の魔術師にとって『当たり前』の技術。
唱える呪文の詩句や節数、
テンポ、術者の精神状態で自在にその有様を変える

教典

Bible

—

天空の城を主題とした、いたって子供向けのおとぎ話として世界に広く流布している。
しかし、その失われた原本(教典)には、
この世界にまつわる重大な真実が記されていたとされ、その謎を追う者は、
なぜか不幸に見舞われるという——

アルザーノ帝国魔術学院

Arzano Imperial Magic Academy

—

およそ四百年前、時の女王アリシア三世の提唱によって巨額の国費を投じられて
設立された国営の魔術師育成専門学校。
今日、大陸でアルザーノ帝国が魔導大国としてその名を
轟かせる基盤を作った学校であり、常に時代の最先端の魔術を学べる最高峰の
学び舎として近隣諸国にも名高い。
現在、帝国で高名な魔術師の殆どがこの学院の卒業生である

Keyword

序章　不穏

フェジテでの最終決戦は際限なく加熱する。激化していく。

混沌《こんとん》の坩堝《るつぼ》のように入り乱れ、激突する帝国軍と天の智慧《ちえ》研究会。

そして、フェジテを蹂躙《じゅうりん》しようと、津波のように押し寄せるは、十万を超える死者の群──《最後の鍵兵団《ウルティムス・クラーウィス》》。

帝国軍総司令官イヴ＝ディストーレ元帥の奇跡の策によって、アルザーノ帝国側の一方的で絶望的な敗北を、辛《から》うじて一時的な拮抗《きっこう》状態を保ってはいるものの、勝利をもぎ取れるまでの決定的な決め手はなく。

それはあたかもそれまでの無理や無謀、あるいは奇跡の代償、とも言うべきか。

戦いの趨勢《すうせい》は、徐々に。

されど、確実に。

とある方向へ傾こうとしていた──

――――。
それは――あまりにも唐突のことだった。
「――ッ⁉」
剣戟《けんげき》の最中、リィエルはふと、自身の剣に異変を感じ、咄嗟《とっさ》に横へ飛び転がった。
ごっ！
エリエーテが放ってきた金色の剣閃《けんせん》によって、派手に吹き飛ぶフェジテの一角。
凄《すさ》まじい衝撃に天が轟《とどろ》き、歩道が捲《めく》れ上がり、建物が爆砕する。
剣閃の直撃は辛うじて避《よ》けたが――
「……かはっ！」
その衝撃の余波を喰《く》らって、リィエルが血反吐《ちへど》を吐きながら転がっていく。
されどダメージは軽微。身体能力の低下は誤差範囲。
戦闘続行にほぼ支障なし。
だと言うのに。

「……な、なんで……？」

リィエルは膝をついたまま、呆然《ぼうぜん》と自分の手を見つめ、呟《つぶや》いていた。

ことここに来て、一意専心の無表情を崩し、その顔に驚きを色濃く浮かべていた。

「急に……剣先の……わたしの光が……弱くなった……？」

そう、リィエルは先の一瞬、悟ったのだ。

自身の金色の剣閃の威力が、突然、急激に失われていたことに。

先の一合は、本能的にエリエーテの金色の剣閃に打ち負けると悟ったから、咄嗟に横に逃げたのである。

リィエルが《剣の姫》エリエーテと仮初めにも互角に剣で渡り合っていられるのは、ひとえに剣先に見える光の剣閃──【孤独の黄昏《トワイライト・ソリチュード》】のお陰だ。

〝もし、この力が完全に失われてしまったら……？〟

ぞっと青ざめながら呆然とするリィエルへ。

「どうして、そんなに不思議がるんだい？」

エリエーテが悠然とした足取りでやってきながら、淡々と告げた。

「さっき、キミ、自分で言ったじゃないか……〝要らない〟って」

「……ッ!?」

固まるリィエルへ、エリエーテが再びゆっくりと剣を携える。

「気剣体の一致は剣の基本だ。そして、言霊《ことだま》には力がある。キミは〝剣天〟に至る資格を得たのに、自分からそれを放棄したんだ。本当にバカな子」

「……う……」

「まだ多少、光は〝視《み》えて〟いるようだけど。多分、時間の問題だと思う。さようなら、リィエル。もう、終わらせよう」

そう告げて。

最早《もはや》、剣に没頭する自身を取り繕えなくなったリィエルへ向かって。

エリエーテは一陣の風の如《ごと》く、襲いかかるのであった——

リィエルが斬り刻まれていく。

エリエーテという暴嵐《ぼうらん》に巻き込まれ、リィエルが斬り刻まれていく。

前後左右上下——無数に残像しながら、エリエーテがリィエルをなますに斬り刻んでいく。

リィエルは、対エリエーテ戦のためだけに鍛え上げた剣技を駆使して、辛うじて致命傷だけは避け続けているが……

エリエーテが刹那に振るう一刀ごとに、リィエルの身体《からだ》が刻まれ、血風が舞う。

それでもリィエルは、歯を食いしばって、エリエーテへ大剣を返す。

そんな苦境に立たされたリィエルの様子を……

「リィエルちゃん……リィエルちゃん……ッ！」

遠い城壁の上から、カッシュ達《たち》が祈るように見つめていた。

当然、周囲は城壁防衛戦の真っ最中。城壁に取りついてよじ登ってくる死者の群は、その戦線を徐々に押し上げてきている。

カッシュ達は何度目かの魔力補給の最中に、魔術でリィエルの様子を窺《うかが》っていたのだ。

「おい……みんな、聞いたよな？」

「ああ」

カッシュの問いに、ギイブルが沈痛そうに俯《うつむ》く。

「彼女は……彼女なりに、僕達のために必死で……」

「やっぱり、リィエルはリィエルでした……あの時、リィエルのことを少しでも怖いと思ってしまった自分が恥ずかしいですわ……」

「ウェンディ……」

涙交じりに呟くウェンディを、テレサが見つめる。

「でも、僕達は何もできない……リィエルの苦しい戦いを遠くから見ていることしか……」

悔しそうに呟くセシル。

「くそっ、このままじゃ、リィエルちゃんが……ッ！　どうすれば……ッ⁉」

と、そんな風に歯噛《はが》みするカッシュ達へ。

「第二列！　補給終わりましたか⁉　交代です！　前へ！」

現場指揮を執るリゼから、切羽詰まった号令がかかる。

「もう、死者の軍勢がすぐそこまで迫ってきています！　迎撃急いで！」

「く、くそ……ッ！」

友達の窮地に何もできない自分に怒りを覚えながら。

それでも、今、自分がすべきことのために、カッシュ達は立ち上がるのであった。

────。

イヴとエレノアの戦いは──その流れのまま、いつの間にか学院からフェジテ都市内へと戦場を移していた。

だが、戦いの展開自体はそう変わらない。

死霊術《ネクロマンシー》で召喚する圧倒的な死者の物量と、自身の謎の不死性でゴリ押ししてくるエレノアを、イヴが巧みな炎捌《さば》きで押し返す──それだけ。

だけど、まったく突破口の見えない戦いに、イヴの心を徐々に焦燥の火が炙《あぶ》り焦がしていく……

（本当に、一体、どうなっているの……ッ⁉）

エレノアの指揮で津波のように押し寄せてくる死者の群を、爆熱業火《ごうか》で焼き払いながらイヴが物思う。

（死霊術《ネクロマンシー》で召喚される死者は、所謂《いわゆる》、リッチや吸血鬼のような不死者じゃない……それだったら〝浄化〟が効く……連中は評判ほど〝不死身〟じゃない……）

イグナイトの秘伝【十字聖火】は、すでにあらゆる方法で、エレノアに試した。

だが、真祖の吸血鬼にも効果覿面《てきめん》な【十字聖火】すら、エレノアにまったく効かなかった。骨まで焼いても、あっという間に再生してしまう。

じゃあ、その正体不明の再生能力を超えて破壊しようと、超高熱で塵《ちり》一つ残らず完全消滅させてみても、まったく駄目。

どこからともなく、闇がわだかまり……すぐに元通り再生してしまう。

じゃあ、殺しても駄目だと思い、封印や拘束——いわゆる無力化の手段も考えた。

だが、それを完全に極めた時点で、エレノアは黒い霧となって分解・再生し、その無力化すら無効化してしまう。

そして、何よりもわからないのは、その再生復活の際に、なんらかの魔術を使用している気配がまったくないということだ。使用しているのはあくまで死霊術《ネクロマンシー》だけ。

つまり、間違っても幻術や認識を操作する精神干渉の類いではない。

正しく完全自動復活ともいうべき完璧さだ。

そして、何よりもイヴを焦《あせ》らせるのは——

（ハーレイ先生達、学院の講師・教授陣が私のために用意してくれた、最新式の対死霊術《ネクロマンシー》師用魔術……これがまったく効果なかったということ……）

あの術式を使えば、最初から決めた令呪《コマンド》で間接的に支配・半自律的に動かしている《最《ウル》後の鍵兵団《ティムス・クラーウィス》》は無理でも、エレノアが直接的に行使する無限の死霊術《ネクロマンシー》の制御は奪えるはずだったのだ。エレノアとの戦いをかなり有利に運べるはずだった。

だが、エレノアとの戦いの当初に、確実に決めたはずなのに、まったく効果なし。

エレノアは相も変わらず、無限の死霊術《ネクロマンシー》を手足のように思うまま振るい続けている。

万策尽きた。最早、手の打ちようがない。

（くっ、アルベルトをこっちに当てるべきだったかしら……？）

彼の〝右眼《みぎめ》〟ならば、その正体を看破し、打ち破ることができたかもしれない。

だが、この盤面で、アルベルトは絶対に動かせない。

アルベルトをパウエル＝フューネに単騎で当てたのは、これ以上ない正着打だったとイヴは確信している。

だから、エレノアは自分がなんとかするしかないのだ。

（早く……早く、エレノアを斃《たお》さないといけないのに……ッ！）

早くエレノアを撃破し、彼女が支配する《最後の鍵兵団《ウルティムス・クラーウィス》》を無力化しなければ、これまで積み重ねてきたことが全て無駄になる。

歯噛みしながら、無意味とわかっている炎を振るうイヴへ。

「ふふふ……お強い、お強いですわ、イヴ様」

赤く燃え上がる世界の中、エレノアがスカートの裾をつまんで優雅に一礼した。

「これがイグナイトの眷属秘呪《シークレット》【第七園】……素晴らしい神秘でございます。この支配領域下における貴女様《あなた》は、間違いなく世界最強の魔術師の一角ですわ」

「お褒めに与《あずか》り恐悦至極だわ……まったく嬉《うれ》しくないけど」

内心の焦りを隠すように腕を組み、イヴがエレノアを睨《にら》み付《つ》ける。

「しかし、その【第七園】は見るからに大魔術……消費する魔力も相当なものかと思われます。イヴ様は、後、どれくらい維持していられるでしょうか？」

勝ち誇ったようにほくそ笑むエレノアを。

「～～ッ！」

イヴが悔しげに、睨み付けるしかなかった。

確かに、エレノアの死霊術《ネクロマンシー》はまるで底なしだ。

召喚される死者一体一体を見れば、大した脅威ではない。だが、それらがまるで際限なく無限に群をなすとなると、途端、話が変わってくる。

【第七園】なしならば、その際限ない物量差で瞬時に押し切られてしまうだろう。

（このエレノアという女……）

確かに、一目でわかる派手な強さはない。

強大な威力を持つ、大魔術や神秘の類いを習得しているわけではない。

彼女の武器は死霊術《ネクロマンシー》。ただ、それだけ。

エレノアが超一流の魔術師であることに疑いないが、単純な技量で彼女に勝る魔術師など、それこそ世界には吐いて捨てるほどいるだろう。

だが、どんな卓越した魔術師も、その魔力容量《キャパシティ》には限りがある。戦いで振るえる魔術と魔力には限界がある。

どんなに人並み外れた魔力容量《キャパシティ》を持つ者であっても、いつか必ず限界が訪れる。

だとするならば――

（このエレノアという女は……紛れもなく、世界最強の魔術師だわ）

無限の復活。

無限の死者召喚。

無限というこの一点だけで、エレノアはどんな魔術師にも圧倒的に勝りうる。

世界最高の第七階梯《セプテンデ》、セリカ＝アルフォネアですら、無限という概念の前には赤子同然なのだから。

「あはっ……あはははははははは――ッ!?　どうしました!?　イヴ様！　なんだか顔色がよろしくありませんわ――ッ！」

エレノアがやはり無数の死者を召喚し、イヴへ雪崩を打つようにけしかける。

「く――この……ッ！」

イヴが迎撃の炎を放つ。世界を赤く染める。

当然、超高熱の炎嵐《えんらん》は呆気《あっけ》なく死者の群を呑《の》み込んで、呑み込んで――

死者達は、燃え盛る炎の中で踊り狂いながら、消滅していくが――

そんな死者達を薪に燃え上がる炎の中へ、エレノアは笑いながら、さらなる死者達を突っ込ませていく。

火達磨《ひだるま》になった死者達が、イヴへその手を伸ばしてくる。

最早《もはや》、地獄の底のような悪夢の光景だった。

「……ちぃ……ッ！」

イヴは歯噛みをしながら、極炎を振るい続け、迫り来る死者の群を焼き払い続ける。

焼き払えば焼き払っただけ、再召喚される死者達を片端から燃やし尽くす。

（突破口……なんとか、突破口を……ッ！）

イヴは考える。

炎を振るいながら考える。

（エレノアの不死身と、無限の死霊術《ネクロマンシー》……これをねじ伏せるなんらかの方法を……ッ！）

だが。

聡明《そうめい》なるイヴが考えども、考えども、そんな都合の良《い》い方法は一向に思い浮かばない。

イヴの脳内には常に各種通信・情報伝達魔術でフェジテ中の戦況情報が送られてくる。

どこかが崩れたら一気に流れが敵側へ傾く……帝国軍は、そんな際《きわ》どい状況に立たされ続けている。一刻も早くエレノアを始末しなければ、拙《まず》い。

それが少なくない命を犠牲に、この状況を作り上げた自分の責務なのに。

なのに——それができない。無能を晒《さら》している。

こんなところで手をこまねき、貴重な時間を出血し続けている。

そして、その出血が致死量に達するのは——そう遠くない。

イヴの心を焦がす焦燥の火は。

いつしか、ゆっくりと絶望の澱《おり》へ変わり始めていくのであった——


————。

ぱちぱちぱちぱち……不意に、場違いな拍手が響き渡った。

「実に見事ですよ。アベル」

拍手の主は、天の智慧《ちえ》研究会第三団《天位《ヘヴンス・オーダー》》【神殿の首領《マジスタ・テンプリ》】パウエル＝フューネ。

その賞讃《しょうさん》の対象は、パウエルが召喚した悪魔軍団の悉《ことごと》くを、鬼神のような戦いぶりで撃破し尽くしたアルベルトだ。

そこは、フェジテの大地下空洞域に存在する廃都メルガリウス。

深い闇と古代の構造物が広がるその場所で、ふと二人の戦いの円が切れる。

荒い息を吐きながら鋭く睨み付けてくるアルベルトへ、パウエルはどこまでも感心したように言った。

「そうなのです。貴方《あなた》のその〝右眼〟。観測・理解できるとは、即《すなわ》ち対処できる、ということ。アベル……人の身でよくぞ、その天なる視座へ辿《たど》り着《つ》きました」

「…………」

何も答えないアルベルトを前に。

「しかし、ついにですか……」

不意に、パウエルが感極まったように言葉を続ける。

「ついに……貴方がこの領域まで至ってくれました。無論、貴方にそれだけの資質と才能があることを、私は最初からわかっていました。

ですが、貴方が実際にここまでの成長を見せてくれて、師としてこれほど嬉しいことはございません。アベル、貴方は私の誇りです」

「戯《ざ》れ言《ごと》はそこまでだ、外道が」

対し、アルベルトは微《かす》かに苛立《いらだ》ったように吐き捨てる。

「貴様に誇りに思われる筋合いなどない。吐き気がする。

それに、何度同じことを言わせる？

俺はアベルなどではない。アルベルト＝フレイザーだ」

「…………」

「構えろ。長きに渡る因縁をここで終わらせてやる」

すると。

「……？」

しばらくの間、パウエルは不思議そうに小首を傾《かし》げて。

やがて。

「おや？　まさかとは思いますが、アベル……貴方、ひょっとして、私に勝てるつもりでいらっしゃるのですか？」

そうパウエルが言った、途端。

闇が、闇が、闇が。

今までは一体なんだったのだと言わんばかりの圧倒的で絶望的な闇が——パウエルから立ち上っていく。その存在感が際限なく膨らんでいく。

まるで、パウエルを中心にこの世界が歪《ゆが》み狂ってしまったと幻視されるほどに——

「……!」

あまりにも得体の知れない力の賦活を警戒し、アルベルトが身構える。

幾度推し量ろうとも、まるで底を見せないパウエルに、さしものアルベルトも、その背筋に冷たいものが流れ落ちる感覚を禁じ得なかった。

「何度やっても同じですよ、アベル。貴方が、アルベルト＝フレイザーである限り」

「ふざけるな、禅問答も大概にしろ」

「禅問答ではありませんよ、ただの端的なる事実です」

一歩、また一歩と。

パウエルが無防備に両手を広げて、アルベルトへ歩み寄りながら言葉を続ける。

「師として教示してさしあげましょう。アベル、貴方は〝弱い〟のです」

「⁉」

「いえ、少し語弊がありますね。貴方の魔術師としての才と技量は素晴らしい。この世界において、魔導の業比べで貴方の領域に並び立てる者が一体、何人いることか。

だが――貴方は弱い。一個の存在として、あまりにも〝弱い〟」

「俺が……弱いだと？」

「ええ。間違いなく」

パウエルが穏やかに微笑《ほほえ》んだ。

「アベル、貴方はとても優しい子だ。本来、己のエゴで願望を貫き、世界に己が存在を示す魔術師には到底、向かないほどに。

その証拠に……真なる貴方は、心の奥底で、私を完全に憎みきれてはいない」

「……ッ!?」

「懐《なつ》かしいですね。あの教会での日々……貴方と、貴方の姉アリア、九人の子供達《たち》……我々〝家族〟が、神にささやかな祈りを捧《ささ》げながら共に過ごした、幸福な日だまりのような日々は、未《いま》だ昨日のことのように思い出されます。

そう、貴方はあの日々を未だに捨てきれていない。尊敬する優しい師父……〝パウロ〟がいるあの光景を捨てきれていないのです」

「ふざけるな……ッ！　誰が……ッ！」

「だから――貴方は〝アルベルト＝フレイザー〟を名乗った」

「――ッ!?」

普段はその氷の表情を微塵《みじん》も揺るがさないアルベルトが——今、初めて揺れた。

そう。〝アルベルト＝フレイザー〟は本名ではない。

それは、かつてアルザーノ帝国に存在した、とある英雄の名だ。

生涯を復讐《ふくしゅう》に生き、復讐に死んだ、〝知られざる英雄〟。

そのあまりの残虐非道な行いゆえに、その偉業よりも悪名で語られる、偽りの英雄の名だ——


「アベル。貴方は甘く、そして優しい。それは、人としてはとても大切で素晴らしいことです。が、魔術師としては足りない。何も為《な》せない。

だから、貴方は偽りの英雄の名を名乗った。別人になりきろうとした。

己を棄《す》てることで、甘さを捨て、非情になりきろうとした。

自分は甘ったれの〝アベル〟ではない、〝冷酷無比なる復讐鬼《アルベルト＝フレイザー》〟なのだと。

しかし、さりとてそれも中途半端《ちゅうとはんぱ》。

その証拠に……アベル、その銀十字は、なんですか？」

「……ッ！」

パウエルの指摘に、アルベルトが思わず、常に首下に着けている銀十字に触れる。

本来、特務分室の魔導士礼装一式に、そのような銀十字の聖印はない。

実際、アルベルト以外に、そのような銀十字を身に着けている執行官はいない。

それは——アルベルトの私物だ。

「はて？　生涯を復讐に費やした、かの偽りの英雄が信心深かったという話はついぞ聞いたことがありませんなぁ？

わかるでしょう？　その銀十字の聖印は、〝貴方の弱さ〟。

信心深かった貴方の最後の拠《よ》り所《どころ》。貴方の姉アリアが〝アベル〟に贈った、彼を彼たらしめる最後の一線。

そう、貴方は〝アルベルト〟を名乗りながら、〝アベル〟を捨てきれていない。

そんな中途半端な〝アルベルト＝フレイザー〟である限り……貴方は決して、私に勝つことなんてできませんよ？　はっはっはっは……」

「…………」

しばらくの間。

アルベルトは無言で俯《うつむ》き……やがて顔を上げ、言い放つ。

「そんなことはわかっていた」

「…………」

「俺が中途半端者だということなど、貴様に改めて指摘されずとも、わかっていた」

そうだ、とアルベルトは物思う。

俺は、あいつ《グレン》とは違う。

あいつ《グレン》のように、迷いながらも、くじけながらも、泣きながらでも、無様でみっともなくても……それでも真《ま》っ直《す》ぐ何かを、ブレずに見据えることなどできやしない。

自分を誤魔化し、騙《だま》し、偽り、演じ……そういう小細工に頼らなければ、姉と家族を奪った憎き仇《かたき》一人、追い続けることすらできなかったのだ。

〝自分以外の誰かを演技する〟ことばかり、上手《うま》くなるしかなかったのだ。

「だが、それでも——俺は、貴様を斃《たお》す」

鷹《たか》の鋭き双眸《そうぼう》は衰えず、パウエルを射貫《いぬ》く。

「とっくに死んでしまった〝アベル〟の意志が、俺へ切に願うのだ。偽りの〝アルベルト〟の魂が、俺へ声高に叫ぶのだ。お前を斃せと。復讐を果たせと。

確かに、復讐鬼としての俺は中途半端だ。

だが、中途半端だったからこそ——至った境地、見えた道もある」

「…………」

「かかってこい、パウエル。戦闘というものを教えてやる」

　すると。

　そんなアルベルトの言を虚勢と受け取るパウエルは、含むように笑った。

「なるほど。どうやらその〝右眼《みぎめ》〟によほどの自信があるようですね」

「……………」

「確かに、その〝右眼〟で観測され、理解されてしまえば……さしもの私も滅ぼされてしまうやもしれません」

「……………」

「ただ、一つだけ忠告をしましょう、アベル。

　その〝右眼〟……乱用はあまりオススメしません。

　人の理解が及ばぬものとは、それ相応の〝理由〟があるのです。

　人の理解の及ばぬ領域……すなわち〝深淵《しんえん》〟。〝汝《なんじ》、深淵を覗《のぞ》く時、深淵もまた汝を覗いている〟。背伸びして、人の埒外《らちがい》の理を理解しようとすれば、貴方の脳と心身に絶大な負荷がかかります。一歩間違えれば、死に至りかねません」

「ほざけ……ッ！」

　そう叫んで。

アルベルトは、〝右眼〟でパウエルを凝視する。

「貴様が、いかなる魔人か化け物かは知らんッ！
だが——俺の〝右眼〟は、貴様の存在の本質を見通し、定める！
その悪辣なる正体を白日の下に晒《さら》してやるぞ、パウエル！
そして、今こそ、この下らない因縁に終止符を打つ——外道の魔人パウエル＝フューネの最期《さいご》だッ！」

そう叫んで。
アルベルトは〝右眼〟を通して、パウエルという存在そのものと向き合う。
〝右眼〟が輝き、その神秘の力が、パウエルの正体を暴《あば》く——

パウエルの本質へ。

その奥へ。

もっと、奥へ。

もっと、もっと奥へ。

さらに、もっと、もっと奥へ。

奥へ。奥へ。奥へ。

パウエルという小世界の果て。

その先に広がる〝深淵〟まで、その〝右眼〟は覗き込む――

――。

――。

――。

[redacted]

■■
■■
■■
■■
■■
■■
■■
■■
■■
■■
■■
■■
■■
■■
■■
■■■■■■■■■■■■■■■■■■■■■■■■■■■■■■■覗イテシマッタノカ?

[redacted]
愚カナ……
[redacted]
ソレハ知ルベキデハナイ名
[redacted]
識ッテハナラヌ存在
[redacted]

[redacted]曰《いわ》ク、這《は》イ寄リシ恐怖[redacted]曰ク、貌《かお》無キ邪悪[redacted]曰ク、宵闇ノ男[redacted]曰ク、混沌《こんとん》の獣[redacted]曰ク、嘆ク暗黒[redacted]

■■■■■■■■■■■■■■■■■■■■■■■■■我ガ名ハ——……

「〜〜〜〜〜〜ッ⁉」

アルベルトは、咄嗟《とっさ》に〝右眼〟での観測を打ち切って、その場を跳び離れた。

否《いな》——パウエルから逃げた。

「う、ぐぅううう⁉　はぁ……ッ！　はぁー……ッ！　なんだ、今のは……ッ⁉」

過呼吸気味に、アルベルトが息を吐き出した。

頭がまるでハンマーで割られたかのように痛んだ。心臓は破れんばかりに跳ね上がり、全身から滝のような虚脱感が全身を支配する。魂をごっそりと持っていかれたかのような気持ち悪い汗が流れ落ちる。全身の血を口から吐き出しそうだ。

たったあの一瞬で、精神がバラバラに砕け散ってしまったかのように、世界がグラグラと揺れる。自己と足元があやふやで不確かだ。

「おや？　私を〝覗いて〟、まだ正気を保てるとは驚きですよ、アベル。普通の人間なら即座に廃人確定ですからね。やはり貴方《あなた》は素晴らしい」

パウエルが、からからと笑った。

「はっはっは……そんなに怖がらなくても良いのです。私は、ただの小間使いですよ」

「こ、小間使い……だと……？」

「はい。私の存在など〝私〟と比べれば、どこまでも矮小《わいしょう》極まりありません。

おまけに今の私は、〝私〟と袂《たもと》を分ち、別個に確立した存在であるがゆえに、〝権能〟も著しく制限されています。

悪魔召喚術などという小技を使わざるを得ないのも、まさにそのため。

だが、紛れもなく、私は〝私〟より生まれし、その〝本質〟を同じくする存在。

私は〝私〟が持つ、千の貌の一つ——それは、紛れもなき事実なのです」

「何を……何を言っている……ッ⁉」

油断なくパウエルを見据えつつも、さすがに動揺を隠せないアルベルトへ、パウエルが滔々《とうとう》と告げた。

「私は……闇。万千の色彩が織りなす、決して光で祓《はら》い透かすことのできない真なる闇。

その闇より深い闇色のさらに向こう側——遥《はる》かなる深淵《しんえん》の先に、私の本質はある。

貴方が、私の名と本質を理解することは、未来永劫《えいごう》、不可能です。

なぜなら、貴方が挑むのは秩序なき無限の深淵。

千の貌を持ち、深淵の底に棲《す》み着く者。

世界に遍《あまね》し深淵より、貴方に這い寄《よ》る、純粋無垢《むく》なる〝闇〟——なのですから」

その瞬間。

闇が。闇が。闇が。

圧倒的な闇が。絶対的な闇が。絶望的な闇が。

この世界のあらゆる色が混じり合うことで生まれた、純粋無垢なる混沌たる闇が。

パウエルから溢《あふ》れ出《だ》し──世界を塗り潰していく。

深淵の底へと沈めていく。

「褒めてさしあげましょう。我が旧《ふる》き知己にて同盟者たる大導師様を除けば、貴方は人の身で私の真なる正体の片鱗《へんりん》に迫った、人類初の人間です。

ですが、同時に理解もしたでしょう？　アベル。貴方は決して私には勝てない。

貴方が中途半端《ちゅうとはんぱ》なのは、人であるからです。

人であるから、悩み、迷い、葛藤する。そんな脆弱《ぜいじゃく》なるものを抱えている限り、あなたは世界の深奥《しんおう》には至れません。

人のままでは、人ならざる私に勝つことなどできない」

「……ッ⁉」

アルベルトが〝深淵そのもの《パウエル》〟を前に、言葉を失って立ち尽くす。

アルベルトも、パウエルが人間でないことは察していた。

だが――パウエルはアルベルトの想定を完全に、遥かに凌駕《りょうが》していた。

アルベルトが、これまで対峙《たいじ》してきたあらゆる難敵を遥かに超える、超えるという言葉すらも陳腐で馬鹿馬鹿しくなるほど、圧倒的で、絶望的で、絶対的な存在を前に。

正真正銘、本物の〝化け物〟を前に。

アルベルトは、それでも臆さず、屈せず、その闇を見据えるが――

全て、パウエルの言う通りだった。

闇が深すぎる。

勝ち筋がまるで見えない。さすがに想定外が過ぎる。

この人外の怪物を相手に、勝機がまるでなかったのである。

そんなアルベルトへ、パウエルは教唆するように淡々と告げた。

「さて。もう、おわかりですね？　アベル」

「何がだ」

「私を打倒する方法ですよ」

パウエルがにこりと微笑《ほほえ》んだ。

「私に打《う》ち克《か》つならば……貴方は人であることを捨てなければなりません」

「……ッ⁉」

「貴方が、人という矮小なる器の枠を飛び越えた時、貴方が摑《つか》んだその〝右眼《みぎめ》〟の神秘はさらなる高みへと昇華することでしょう。

おわかりですね？　アベル。貴方が大導師様から賜った〝青い鍵〟……貴方が、私を斃《たお》すには、今こそ、あの〝鍵〟を使わなければならないのです」

そう言って、パウエルが笑った。

それはとても穏やかな笑みではあったが、闇が深すぎて貌が見えないほどだった。

「生憎《あいにく》だが、件《くだん》の〝鍵〟などとっくの昔に破壊した」

負けじとアルベルトが吐き捨てる。

「それに……俺は人間だ。貴様のような化け物にはならない」

「ほう？　この絶望的な状況下で、そう言いきれる胆力は見事と言えましょう。ですが……アベル、貴方、本当に鍵を破壊したのですかな？」

「……？」

意味不明な言葉に、アルベルトが眉を顰《ひそ》めていると、パウエルが続ける。

「ははは、わかりませんか？　その手に後生大事に握りしめている物は、なんだと問うているのです」

そんなパウエルの意味不明な指摘に。

「⁉」

アルベルトは一瞬呆気《あっけ》に取《と》られて。

パウエルの動きを警戒しつつも、何かに気付いたように……左手を開く。

すると、そこには。

「馬鹿な……」

いつの間に、それを握りしめていたのだろうか？

そこには、かつて自らの手で破壊したはずの〝青い鍵〟があったのだ――

「なぜだ……なぜ……ッ⁉　俺は、確かにあの時……ッ！」

「その〝鍵〟は資格ある者の手を離れることは決してありません。その資格とは、もちろん、能力や資質もありますが……何よりも大事なのは、本人の〝求め〟」

「……求め……？」

「そう。貴方は、この中途半端ながら、この私を斃すことを望み……人のままでは、決してこの私に及ばないことを本能的に察していた。

私に打ち克つには、人をやめなければならないことを本能的に察していた。

だから、その〝鍵〟を完全に拒絶しきれていなかった。心の闇の奥深くのどこかで、この〝鍵〟の力を求めていた。ゆえに、未《いま》だ貴方の手にその〝鍵〟はある」

「俺が、心の底で……この〝鍵〟を求めているだと……？」

「ええ、その通りです」

パウエルが断言する。

「さぁ、アベル！　今こそ、その〝鍵〟を使う時！　今こそ、人を捨て、人ならざる者へ……そう、私側へとやってくる時なのです！

迷うことはありません！　私が憎いのでしょう!?　殺したいのでしょう!?　さぁ、人を

やめなさい！　愛《いと》しき者達《たち》の仇《かたき》を、今、ここで討ち果たすのです！　さぁっ！」

「……ッ！」

アルベルトが、その〝青い鍵〟を、睨《にら》み付《つ》ける。

穴が開くほどに睨み付ける。

確かに……パウエルの言う通りであった。

パウエルは、アルベルトの想定を、遥かに超えて強大だった。

このままでは勝てない。

人のままでは勝てない。

恐らく──間違いなく、そうなのだろう。

ならば、人をやめるしかない。

恐らく――それも、そうなのだろう。

人をやめなければ、アルベルトはパウエルに復讐《ふくしゅう》を果たすことはできない。

「…………」

だから、アルベルトは、その〝青い鍵〟を――……

第一章　さらなる昏迷《こんめい》

（……やっぱり、おかしいわ）

突破口の見えない絶望に呑《の》み込まれそうになりつつも。

イヴは、炎を振るってエレノアと戦いながら、考え続けていた。

どんな絶望的な状況でも、魔術師として思考放棄しない。最善手を考え続ける。

彼女が〝三流〟と罵る男が、いつだって実践し続けてきたことを、イヴは無意識にうちに実践していたのである。

自暴自棄になって、後先考えない力任せの攻撃を仕掛けることを抑えていたのである。

その結果――あれだけ派手な攻勢を仕掛けつつも、イヴにはまだ余力があった。

エレノアの魔術について、じっくりと考えることもできた。

謎の無限復活再生術。

謎の無限死者召喚術。

魔術とは、法則《ルール》に縛られるもの。何かを得れば、何かを失う。

魔術を考察する上で、忘れてはならない大前提の原則だ。

一見、エレノアのその能力には法則《ルール》がない。

ゆえに魔術を超えた魔法のように思えてくる。

だが――イヴは、ついに気付いた。

無限復活。無限死者召喚。その二つがあまりにも脅威で強大であるがゆえに、事実としてそれを知ってはいたが、目を向けなかった違和感。

見落としていた、唯一の法則《ルール》。

本当に法則《ルール》と呼べるのか疑問だが、それでも確かな法則《ルール》。

それは――

（……女性。無限に復活するエレノアは女性。無限に召喚される死者も全て女性。やっぱりエレノアの能力には、明確な法則《ルール》が存在するわ。

法則《ルール》が存在するなら……それは魔法じゃない。魔術よ）

後付けで準備した十万超えの《最後の鍵兵団《ウルティムス・クラーウィス》》の死者達はさておき、エレノアが自前でこの場に召喚する死者は、ただの一人の例外もなく全て女性なのだ。

腐り果て、醜く崩れているため、傍目《はため》には少々わかりづらいが、それに間違いはない。

エレノアと、エレノアが召喚する死者。

エレノアの無敵の能力そのものを考察する前に、まずそれを調べてみる必要がある――追い詰められつつも勝負を焦《あせ》らず、冷静にそう結論づけたイヴは、炎を振るってエレノアと激しく戦う最中、とある呪文を密《ひそ》かに唱え始めるのであった。

――。

「あっはははははははっ！　あっはははははははははははははは――ッ！」

戦場に高らかに上がるエレノアの哄笑《こうしょう》。

「ちぃ――ッ！」

舌打ちと共に、イヴが巻き起こす紅蓮《ぐれん》の熱波が都市を赤く照らす。

やはり、イヴとエレノアの戦いは完全に膠着《こうちゃく》状態であった。

エレノアが死者の群を召喚する。際限なく召喚する。

死者達が隊伍《たいご》を組んで、津波のように迫る。

「はぁああああああああ――ッ！」

イヴが【第七園】で迫り来る死者達を迎え撃つ。

巻き起こる壮絶な焔《ほのお》が大気を焦がし、大地を焦がし、死者の津波をエレノアごと焼き払

う──

だが、やはりエレノアは即座に再生し──

「いひっ！　うふふあははは！　あはははははははははははははは──ッ！」

さらなる死者を、呼び出す、呼び出す、呼び出す──

「この──ッ！」

イヴも負けじと左手を掲げ、炎を巻き起こす。

最早《もはや》、エレノアの死者を召喚するペースは常軌を逸している。

対峙《たいじ》していたのが【第七園】を持つイヴでなかったら、もうとっくの昔に押し切られてしまっていただろう──

勝負は一見、互角。

だが、卓越した魔力容量《キャパシティ》を誇るイヴも、決して〝無限〟ではない。

「うふっ！　うふふふふふ……どうしましたか？　イヴ様。大分、お辛《つら》そうにお見えしますが……？」

「ぜぇ……ぜぇ……はぁ……はぁ……ッ！　くっ……」

額に珠《たま》のような汗を浮かべ、ついに上がり始めた呼気を整えながらも、腐肉の壁の向こう側に悠然と佇《たたず》むエレノアを見据え──

「《真紅の炎帝よ》――ッ！」

気迫で炎を巻き起こし、果敢にエレノアへと攻め込んでいく。

だが。

（何かが見えてきたわ……エレノアの能力の正体……ッ！）

その時、イヴは戦いの最中に取得した〝とある情報〟を吟味し、頭の中で呟《つぶや》いた。

（死霊術《ネクロマンシー》とは基本、自分が契約した死体に仮初めの生命を吹き込み、召喚・使役する術。だから、私は戦いながら、エレノアと召喚された死者達に、〝女性〟以外の共通点がないかどうか……魔術で調べてみた。

そう――彼女らのジーン・コードを）

ジーン・コードとは、人の肉体の設計図だ。魂の波長――魂紋と同じく、個人個人に決まった型と配列が存在し、世界に同じコードは二つと存在しない。

髪の毛一本、あるいは血の一滴でもあれば、割り出すことは可能。

イヴは戦いの最中、死者達のジーン・コードを密かに採集し続けていたのである。

さすがに、エレノア自身のジーン・コードを入手するのは一苦労し、少々時間を取られたが、それもなんとかできた。

その結果――

（信じられないことだわ。エレノアと、エレノアが召喚する女性の死者達……全員、その肉体を構成するジーン・コードの配列型が全て一致したわ）

それは驚くべき事実だった。

個々人に特有なはずのジーン・コードが完全一致しているということは、つまりエレノアと死者達はまったくの同一存在、という話になってしまう。

確かにそういう視点で見れば、死者達の外見は腐敗で醜く崩れているせいでわかりにくかったが、背格好や骨格の動作は全員、エレノアと似通っている。

理屈は与《あずか》り知らぬが、エレノアが、〝死んだ自分自身の死体を大量に召喚して、使役している〟という事実だけは間違いなかった。

（でも、これは一体、どういうこと……？）

一つ謎を解けば、またさらなる謎が、イヴの前に立ちはだかる。

確かに白金術を用いれば、自分のクローンを作ることは可能だ。

クローンは命なき肉人形だが、それを死霊術《ネクロマンシー》で操ることは充分に可能だろう。

（でも、そんな行為にまったく意味はないわ。クローン一体作るのに、どれだけのリソースと手間と時間がかかると思っているの？

それをこんなに大量に、無限に近い数揃《そろ》えるなんて……絶対に不可能よ）

第一、死体の数が欲しければ、墓場や戦場で死体漁《あさ》りでもした方がよほど手っ取り早い。

死霊術《ネクロマンシー》とは、本来そういう死体を有効活用するための術なのだから。

(こいつらが、ただのクローンであるはずがない……じゃあ、何？　なんで、エレノアと同一存在なの……？)

逆境の中、歩みを止めなかったイヴの思考が、そこに至った……その時だった。

無限に復活するエレノア。

無限に召喚される死んだエレノア。

その新たに判明した新法則《ルール》が、イヴの奥底に眠り続けていた、とある記憶を呼び覚ます
──

(そういえば……)

それは……以前、リィエルが『エーテル乖離症《かいり》』を発症して倒れた時のことだ。

グレンとアルベルトが、古代都市遺跡マレスで壮絶な一騎打ちを繰り広げることになった事件の前日譚《たん》。

イヴはイヴで、様々なコネや情報網を駆使し、リィエルを救うため、エーテル法医学に関する参考文献や研究論文を漁っていた。

最終的に、リィエルを通常の法医治療で救うのは無理だと見切りをつけ、『シオン・ライブラリー』の霊域図版《セフィラ・マップ》を確保する方向で動くことになったが。

その時、イヴが集めた資料の中に、一つ奇妙な論文があったのを……イヴはこの土壇場《どたんば》で思い出したのである。

（アレは、今から二百五十年以上前のだったかしら？　随分、昔の論文だったけど）

その論文の内容は――〝既死体験による死の超越法〟。

肉体と霊魂の等価対応性、霊魂の本質的な不滅性などを利用した魔術理論であり、平たく言えば『術者本人がすでに経験したことのある〝死〟を踏み倒す』というものだ。

（確かに、魔術理論的には、そこまで複雑な話ではないわ。

たとえば、人が刺されて死ねば、その事実は世界に記録され、肉体は崩壊、霊魂は『摂理の輪』へ帰還する。まぁ、いわゆるこれが、人の〝通常の死〟。

だけど、その死を経験した霊魂を、なんらかの方法で、この世界に繋《つな》ぎ止《と》めたらどうなるか？　さらに、その人物を、再びまったく同じように刺して殺してみたらどうか？

その人物は、〝すでに刺されて死んでいるわ〟。その事実は、この世界そのものに記録として、すでに残されている。

世界は矛盾を許さない。そのまったく同じ二度目の死は、世界の意志によって無効化され、死を踏み倒せる。

ならば、同一人物に様々な死因を網羅的に経験させることで、完全なる不死が成立する

……確かそんな理論だったはず）

結論を言えば、不可能である。

論議にも値しない、馬鹿馬鹿しい理論である。

霊魂が『摂理の輪』にまで回帰した〝完全な死〟を経験した霊魂を、この世界に留《とど》めるのがまず不可能だし、さらにその理屈で言えば、完全に寸分違《たが》わず同じ死因でなければ、死を踏み倒すことはできない。網羅的な死の経験など、色んな意味で不可能だ。

実際、その提唱された理論は、当時の帝国魔術学会で物笑いの種になったようだ。

イヴ自身、この論文を一見して一笑に付し、今の今まで、すっかり忘れていたほどである。

（でも、何か引っかかる……死を踏み倒すエレノアと、そのエレノアと同一存在の召喚死者達《たち》……何かが……）

それに。

イヴの記憶が正しければ。

その論文に記載されていた、その馬鹿げた理論の提唱者の名は、確か——

（……リヴァル。……リヴァル＝シャ、シャ、シャーレット、い、い、い……）

別に、シャーレットというハウスネームは、この帝国では珍しくともなんともない。わりと一般的だ。

実際、イヴが所属した帝国軍や、あるいは学院の生徒達の中でも、シャーレットを名乗る者はたくさんいた。

（だけど……エレノア＝シャ、シャーレット、い、い……これはただの偶然？）

ごっ！

イヴは壮絶な炎を再三再四と巻き起こし、間断なく迫り来る死者の群を焼き尽くす。

びゅごお！　と。熱波が周囲を吹き抜けていく。

だが、消耗し続けるイヴの表情は、刻一刻と苦しげなものになっていき——

「あっはははははははは！　あっははははははははははは！」

エレノアの哄笑はどんどん高くなっていく。

だが、イヴはどこまでもエレノアを見据えて、炎を放ち続ける。

迷っている暇はなかった。

(覚悟……決めるしかないわね……ッ!)

その時、イヴが動いた。

「はぁあああああああああああああああ――ッ!」

左腕を鋭く振るって巻き起こしたその炎は、今までの全てを焼き尽くすような破滅の爆炎ではない。

まるで、蛇のように絡《から》みつく炎――黒魔《くろま》【フレイム・バインド】。

それがエレノアを搦《から》め捕《と》り、その動きを完全に封じるのであった。

「あらあら、何をするかと思えば」

だが、その身を炎で焦がされながらも、エレノアは余裕の笑みを浮かべていた。

「無駄でございますわ。そのようなことをしても……」

「ええ、この攻撃自体は無駄かもね。どうせ、貴女《あなた》はすぐに霧に分解されて、拘束から逃れる。でも――」

イヴが、左手の指先に、ぽっ!と小さな炎を灯《とも》す。

そして、その炎越しに――エレノアの目を覗《のぞ》き見る。

「その術は……?」

「秘伝【火幻術】。イグナイトが誇る、炎の揺らめきを利用した精神支配術よ。炎にはこういう使い方もあるの」

「あらあら、ひょっとして、そんな術で、私の精神を破壊するおつもりでしょうか？　ふふ、どうぞやってみてください。そんなことをしても、私は──……」

あくまで余裕を崩さないエレノアへ。

イヴは目を細めながら、言った。

まるで、エレノアの心の奥底を見透かすように──

「今からこの術を、私と貴女に同時にかける」

「……えっ？」

「二人の意識と精神を、この術によって同調させて……悪いけど、私は貴女の心の奥底を暴《あば》く。貴女の過去の記憶を覗かせてもらう」

「な──」

これぞ、イヴの最後の手段だった。

他人と自分の意識と精神を強引に同調させる……それは精神支配魔術における禁じ手中の禁じ手。大変危険極まりない自殺行為だ。

それはなんの命綱もなしに、深淵《しんえん》の底を覗き込むようなもの。一歩間違えば、他人の深層意識という奈落に落ちていく。他人と自分の意識の境界が溶け消え、戻ってこられなくなる。そうなれば……即座に廃人確定だ。

だが——最早《もはや》、これしかない。

(エレノアの知る組織の深奥《しんおう》に至る情報には、強烈な記憶封印がかかってるでしょうね。でも……それ以外の情報に関しては、そうでもないはず。

たとえば、エレノアの過去。不死身の秘密はきっとそこにある——……)

覚悟を決めて。

イヴが静かに集中力を高めながら、呪文を唱えていると。

「ふ、ふざけるなぁあああ——ッ!?」

呆気《あっけ》に取《と》られて硬直していたエレノアが、突然、態度を豹変《ひょうへん》させて、激昂《げきこう》した。

これまで常に余裕を崩さなかったエレノアが、初めて激しく動揺していたのだ。

だが、そんなエレノアの豹変にも動じず、イヴは淡々と告げる。

「私も他人の心に踏み込むのは、さすがに気が引けるわ。でも、貴女の不死身と無限の死霊術《ネクロマンシー》……貴女の過去にその秘密があるのは最早、明白よ。

この秘密、暴かねば、このフェジテは……帝国は滅ぶから。だから──」

その途端、エレノアの絶叫のトーンがさらに上がった。

「ふざけるな！　ふざけるな！　私を覗くな！　暴くな！　このドグザレ外道陰険ビッチがぁああああああああああああああああ──ッ！」

それはもう尋常じゃない発狂ぶりと暴れようだった。

「うぁああ──ッ！」

そして、炎に拘束されたエレノアは、かつてない大量の死者を呼び寄せ、イヴへと四方八方からけしかける。

だが──

「はぁああああああああ──ッ！」

イヴが巻き起こす炎が、それを片端から燃やし尽くしていく。

片手間に死者達を焼き払いながら、【火幻術】の魔力を高めていく。

「あ、あぁあぁぁ……やめて……ッ！　覗かないで……ッ！　見ないで……私を……私を見ないでぇえええええええええええええええええええ──ッ!?」

目に見えて狼狽《うろた》えるエレノアへ向かって。

イヴは冷静に術を完成させ、容赦なく叫んだ。

「――【火幻術】ッ！」

すると。

イヴの指先に灯った、幻の炎が大きく燃え上がって、揺らめいて――

炎の光が、白く、白く場を染め上げていって――

イヴは、その炎を通して、エレノアの深淵を覗き込む。

イヴの意識と、エレノアの意識が同調して。

そんなイヴの意識の目の前に広がった、その光景は――……

――。


バキン！

辺りに乾いた音が響き渡った。

「……アベル？」

どこか意外そうに小首を傾《かし》げるパウエル。

「…………」

俯《うつむ》き加減で無言に佇《たたず》むアルベルト。

その手が〝青い鍵〟を握り潰し、破壊していた。

「パウエル。俺は……こんな鍵は要らん」

アルベルトは〝青い鍵〟の残骸を床に捨て、パウエルを真《ま》っ直《す》ぐ見据える。

「一体、なぜです？　それを使わなければ、私に復讐《ふくしゅう》など到底叶《かな》いませんよ？」

「ああ、恐らくそうなのだろう。だが、俺は――……いや、無粋だな」

何かを言いかけて。

アルベルトが、不敵に笑った。

「……フン。続行だ、パウエル」

アルベルトが、再び構え直した。

「確かに、お前は俺の想定を超えて遥《はる》かに強大だった。事実、俺の勝ち目など最早、那由多の果てだろう。だが、勝つのは俺だ」

と、そんなアルベルトへ。

「……アベル。貴方《あなた》は、なんて……」

パウエルがどこか残念そうに何か言おうとした、その時であった。

「ぁあああああああああああああああああああ──ッ！」

突如、白い神速の閃光《せんこう》が──アルベルトへ向かって頭上から真っ直ぐ降り注いだ。

「──ッ⁉」

咄嗟《とっさ》に跳び下がったアルベルトが半瞬前に立っていた場所に、その白い閃光が着弾し、派手に爆砕した。

拡散する爆風の中、広がる三対六翼。舞い散る純白の羽根吹雪。

もうもうと上がる砂塵《さじん》の中から姿を現したのは──

「ああ、気に入らない……気に入らないわ……ッ！」

聖エリサレス教会の《戦天使》ルナ゠フレアーであった。

ルナは、地面を爆砕させた剣を引き抜き、アルベルトを鬼の形相で睨《にら》み付《つ》ける。

「ははっ！　聞いたわよ？　アルベルト゠フレイザー。貴方、私に散々ばら偉そうに説教垂れておいて、何⁉

結局、貴方も、私と同じ復讐鬼じゃないッ⁉　見下しやがって……ッ！」

「………」

「それに言ったわよね!? 私の邪魔をするなって！ 何、勝手に始めているわけ!? パウエルは私の獲物なの！ それを横からかっ攫《さら》うなら斬る……ッ！」

「ち、馬鹿な奴《やつ》め」

アルベルトが舌打ちする。

「パウエルとの力量差以前に、今のお前では話にならん。早くこの場から去れ」

「うるさいうるさいうるさいッ！ ただの人間が……《戦天使》である私に、口出しするなぁあああああああああああああ――ッ！」

激昂のままに、ルナがアルベルトへ向かって両手で剣を振るった。

すると、その剣先から圧倒的な法力の奔流が、光の刃《やいば》となって放出される。

「………」

だが、アルベルトは微動だにしない。

〝右眼《みぎめ》〟でその法力の流れを理解し、指一本でそれを分解した。

「な……ッ!? いちいち小賢《こざか》しい男ねッ！ ああ、いいわ、しゃらくさい！ パウエルの前に、貴方からブチ殺してやるッ！」

そう吼《ほ》えて、ルナはまるで獣のようにアルベルトへ襲いかかった。

天使の壮絶な腕力で振るわれる剣。

刹那に翻《ひるがえ》る無数の刃。

「ち――」

人の反応限界をゆうに超えるルナの斬撃乱舞を、アルベルトは〝右眼〟で見切ってかわし続ける。

腐っても《戦天使》か、ルナの攻撃は〝右眼〟を使わなければ、かわしきれない。

（この女……）

そして、攻撃をかわしながら、アルベルトはルナを見る。

彼女は、もうとっくに正気じゃなかった。

狂おしいばかりの憤怒《ふんぬ》と憎悪《ぞうお》が燃ゆる虚無の目に、浮かぶ一筋の涙。

彼女は、わからないのだ。どうしたらいいのか、自分自身でもわからない。

恐らくは……パウエルに最愛の人を奪われ、哀《かな》しみ、怒り、苦しみ、その果てに――もうこうするしかなかったのだ。それ以外の感情の発露を知らないのだ。

こうやって、力の限り暴れるしか、その乾いた哀しみを癒《いや》す手段を知らないのだ。

（……わかる。お前の気持ちは痛いほどに）

ルナの攻撃を淡々と捌《さば》きながら、アルベルトが物思う。

（だが、それでは駄目だ……その先には何もない）

実に単純なことなのだ。

それは、恐らく人類有史以来、ずっと叫ばれ続けてきたチープな道徳。

されど、至極単純で明快な真理。

〝復讐は何も生まない〟。

アルベルトも復讐自体は否定しない。過去にケリをつけて自分が前に進むため、そういう前向きな意味で肯定されること、必要なことは確かにある。

だが──復讐それ自体を目的、生きる理由にしては駄目なのだ。

されど、アルベルトはルナを笑えない。

自分とて……もし、あの男《グレン》に出会わなかったら、どうなっていたか。

こうして、憎き仇敵《きゅうてき》を前に、後先考えず見境なく暴れまくるルナの姿は……もしかしたら、あったかもしれない、Ｉｆの自分の姿なのだから。

そして。

そんなアルベルト達《たち》の滑稽な様子に、パウエルはカラカラと笑った。

「はっはっは！　これはなんとも愉快なことになってしまいましたなぁ！　ルナ、ここで貴女《あなた》が来るとは、思いませんでしたよ」

「黙れ！　そこで首を洗って待ってろ！　この男の次は、お前だ、フューネラルッ！」

「うむ。不可能に頑として挑む、その意気やよし。褒めてさしあげましょう」

ぱちぱちぱち……とパウエルが手を打ち鳴らす。

「まぁ、貴女ごときでは、今のアベルにも勝てぬでしょうが」

「黙れぇぇぇぇぇぇぇぇぇぇぇぇぇぇぇぇぇぇぇぇ——ッ！」

さらにルナが激昂《げきこう》するが、パウエルはまるでお構いなしだ。

「そうですね。本来ならば、私はすぐにでも目的を果たすべきなのでしょうが……せっかく、役者が揃《そろ》ったというのに、それではいささか興ざめというもの。この舞台に相応《ふさわ》しい演出が必要ですな」

そんなことを言って。

パウエルが、手で複雑な印を切る。

すると、また不穏な魔力がその場に胎動し、瞬時に召喚門が二つ形成された。

アルベルトをして悪寒《おかん》を禁じ得ない、禍々《まがまが》しい召喚法陣だった。

「ち——ッ！」

さすがのルナも警戒し、アルベルトへの攻撃の手を止めて跳び離れ、パウエルへ向かって剣を構えた。

「な、何をする気よ、貴方……ッ⁉」

「はて？　この世界における私の職業《ジョブ》は『悪魔召喚士』。悪魔召喚士がやることなど、決まっていますでしょう？」

パウエルがその場に漲《みなぎ》らせた魔力は、今までと次元が違った。

これまでパウエルが召喚した悪魔達とは〝別格〟が来るのは、最早《もはや》疑いようがない。

「く……ッ⁉」

アルベルトが〝右眼〟でその術式を理解・分解しようとするが、さすがにもう遅い。

パルエルの召喚術はすでに完成し──虚空《こくう》に門が二つ開く。

現れたるは──全身から世界そのものを押し潰さんばかりの暴力的な魔力を漲らせた、悪魔が二体。

為《な》す術《すべ》もなく、アルベルトとルナの前に降臨してしまう──

そんな二体の悪魔を左右に侍《はべ》らせて、パウエルがどこか誇らしげに言った。

「いかがでしょうか？　彼らは、悪魔召喚士としての私の最高奥義《おうぎ》。お気に召してくださいましかな？」

そして。

その二体の悪魔を見た、その瞬間。

「……ッ⁉」

さしものアルベルトも、驚愕《きょうがく》に硬直した。

「う、嘘《うそ》……なんで……？」

ルナもそれまでの激昂ぶりはどこへやら、からんと剣を取り落とし、呆然《ぼうぜん》としている。

なぜなら、パウエルが新たに召喚した二体の悪魔は。

確かにアルベルトが倒してきた悪魔達とは、さらに次元の違う存在感だが、そんなことは毛ほども問題ではない。

片や、背中に黒い翼、妖艶《ようえん》なる黒い花嫁衣装に身を包み、その両のたおやかな細腕に、紅と蒼《あお》の双魔槍《そうまそう》を携えた、女性型悪魔。

片や、漆黒の外套《がいとう》と甲冑《かっちゅう》を纏《まと》い、長大な黒い魔剣を提げた、男性型悪魔。

二体とも、呆《あき》れるほどに暴力的な魔力を全身から漲らせ、対峙《たいじ》しただけでその者の魂を破壊せんばかりの絶望的な魔力と圧力を放っている。

それだけなら、ただの強いだけの悪魔だ。

だが。

問題は。

その二体の悪魔の、その姿は――……

――。

ぽた、ぽた、ぽた……

剣先から、滴《したた》る血。

ぽた、ぽた、ぽた……

見下ろすは、虚《うつ》ろな目。

エリエーテが血の滴る剣を携え、地を見下ろしている。

そこには――全身を斬り刻まれ、自らが作った血だまりに這《は》いつくばるリィエルの、あまりにも無惨《むざん》な姿があった。

今、リィエルの小さな身体《からだ》で斬痕が刻まれてない場所などない。

何千万回と繰り返したイメージトレーニングのお陰か、前回のように四肢を斬り落とされる事態にはなってない。

だが、明らかに血を流しすぎている。完全に虫の息だ。

頑健な魔造人間であることを差し引いても、最早、致死域だ。

「……う……あ……あぁ……」

最早、身体に力が入らないのか。魔力一つ練ることができないのか。

リィエルの手から離れた大剣は、ボロボロと崩れていき……リィエルの手は、虚《むな》しく血だまりの中を、微《かす》かに掻《か》くだけだった。

血を失いすぎて、今のリィエルは、最早、目も見えなくなっていた。

「弱い」

エリエーテは怒りすら滲《にじ》ませる声色で、そんなリィエルへ言った。

「弱い……弱いよ！　弱すぎるよ！」

だんっ！

苛立《いらだ》ちに任せて、エリエーテが地団駄を踏む。

「どうして⁉　どうしてなんだい⁉　なんでキミはそんなに弱いのさ⁉」

「…………う……あ……」

「違う！　違うだろう⁉　キミはボクと同じ〝剣天〟の領域に立つ剣士なんだ！　もっと……もっと高みに！　もっと強く！

本当のキミはもっと強いはずなんだ！　強くなければ駄目なんだよ⁉」

「…………」

「せっかく、ボクに比肩《ひけん》しうるかもしれない剣士を見つけたのに……ボク、キミと剣を交えることで、もっともっと剣の高みに至れるかと思ったのに……楽しみにしてたのに……

こんな結末、あんまりじゃないかぁあああああ──ッ!?」

意味不明な理由で、エリエーテが天に向かって吠《ほ》える。

涙さえ目尻に浮かぶそれは、怒りの慟哭《どうこく》だった。

「やっぱり、キミは〝余計〟を抱えすぎている。ボクね、気付いたんだよ……」

ひとしきり怒りを吐き出した後、エリエーテはちらりと城壁の方へと目を向けた。

「キミとの戦いの最中、ボクが光の剣閃《けんせん》を放った時……偶然、あの方角に向かって飛ばした時……その時に限って、キミは躍起になって、それを叩《たた》き落《お》としていたことに」

「…………っ……」

その言葉に反応して。

ぴくん、と。倒れ伏すリィエルの身体が微かに動いた。

「ボクわかっちゃったんだ。多分、キミの〝余計〟は、あの場所にいるんだね?」

ぞわり、と。

エリエーテが、奈落の底のような壊れた嗤《わら》いを浮かべた。

「キミが弱いのは、やっぱり剣として〝余計〟を抱えているからだよ。だから、今からボクが、キミの代わりに、キミの〝余計〟を削《そ》ぎ落としてあげる」

「キミから余計なものを全て削り落とした、その時……キミはきっと一振りの剣として完全に完成する。そうだよ……最初からそうすれば良かったんだ……」

がしっ！

エリエーテが下を見れば……今の今まで完全に死に体だったリィエルが手を伸ばし、エリエーテの足首を掴《つか》んでいた。

「……ゆる……さ、ない……そ、それだけ……は……絶対に……絶対に——……」

がっ！

エリエーテが壊れた微笑《ほほえ》みのまま、リィエルを蹴り飛ばす。

「……か、は——ッ⁉」

為す術もなく、肋《あばら》が何本も折れ、リィエルが転がっていく。

「だから、それが〝余計〟なんだって。どうして、キミはわかってくれないのかな」

「げほっ、ごほッ！　……あ、ぅあ、ぁぁぁ……ッ！」

血反吐《ちへど》を吐いて悶《もだ》え苦しむリィエルの下へ、エリエーテが悠然と歩み寄る。

そして、その胸ぐらを掴んで持ち上げ、つるし上げる。

「……ぁ……ぅぁ……」

完全に脱力しきったリィエルの身体は、エリエーテの腕の先で揺れるだけだ。

「手足は落とさないであげる。だって、ボクはまだまだキミと剣を交えたいんだもの」

「……ぅ……ぅ……」

「さぁ、行こう、リィエル！　キミという剣は、ボクがきっと立派に完成させてあげるから！　ああ、キミが一体どんな剣になるのか……今から楽しみだなぁ！」

そう言って。

リィエルをつるし上げたまま、エリエーテは散策でもするかのように歩き出して……そして、天高く跳躍するのであった。

エリエーテの身体がフェジテの上空を舞い――

そして――


「リィエルちゃんはどうなった⁉」

「わ、わかりませんわ！　見失ってしまって……ッ！」

フェジテ城壁のとある一角。

城壁をよじ登ってくる死者の群の迎撃戦の最中、再び戦列を交代したカッシュ達。

リィエルとエリエーテの戦いの行方を探ろうと、眼下のフェジテ都市内を見回し始めた……その時だった。

しゅたっ！

何かの不穏な着地音が、唐突に響き渡って。

その城壁区画を守っていた二年次生二組の生徒達《たち》は、一斉に振り返った。

そして——誰もが絶句した。

「……な……」

そこには、古めかしい騎士装束を纏った青い髪の少女が立っている。

彼らがよく知る少女とそっくりの顔出ちを持つ少女。されど、彼らがよく知る少女とは全然、掠《かす》りもしない別の貌《かお》をしている少女。

そして、その少女は、ボロ雑巾のようにズタズタで血塗《ちまみ》れな、彼らがよく知る少女を手に吊《つ》り下《さ》げている。

彼らがよく知る少女からぽたぽたと滴る血が、城壁上の石床を叩いていた。

「……っ、《剣の姫》……エリ……エーテ……？」

「り、リィエル……」

誰もが呆然と硬直する中。

エリエーテは、リィエルの脱力しきった身体を城壁上の床に放り捨てる。

「うん、じゃあ、リィエル。キミはそこでちゃんと見ててね？」

「…………」

リィエルは何か物言いたげに、唇を微かに震わせるだけだった。

「……さて……と」

そして、エリエーテはそんなリィエルに背を向け、周囲の生徒達を見回した。

「て、てめぇ……ッ!?　リィエルちゃんに何しやがったぁあああああ――ッ!?」

カッシュが、怒りに任せて叫ぶ。

その怒りの叫びに、叱咤《しった》されるように。

「よ、よくも、リィエルを！　許しませんわ！」

「リィエル、今、助けますから！」

ウェンディが。テレサが。

「やれ！　囲め！　やっちまえぇえええええええッ！」

「一斉にかかれば――ッ！」

二組の生徒達が、一斉に左手をエリエーテに向けて構え、呪文を唱えようとする。

が、その瞬間。

「あ。動かないで」

エリエーテの、たったその一言で。

まるで大気が張り裂けんばかりに、急に脹《ふく》れあがり、脹れあがった。

その威に圧《お》され、誰もが強制的に動きと呼吸を止められた。

「……ぅ……ぁ……」

「ああ、ぁぁあああ……ッ⁉」

その場の誰もが心胆から恐怖し、絶望した。

エリエーテは、ただその場に佇《たたず》んでいるだけだった。

だが——その巨人のような存在感が、その場の全てを呑《の》み込んでしまったのだ。

(う、動けねえ……ッ！　俺でもわかる……今、動いたら……死ぬ……ッ！)

(……こ、呼吸も……できない……心臓さえ、上手《うま》く鼓動できな……)

カッシュやギイブル達が呼吸困難に喘《あえ》ぐ。

(こ、これが……あの英雄エリエーテ……なのですか……ッ⁉)

(こんな相手と……戦って……いたのか……ッ！)

（……あ、あのチビジャリが……やられる……わけだ……ッ！）

生徒達の中では、上位の実力者であるリゼやレヴィン、ジャイルも。

（嘘《うそ》だろ……こ、こんなの……勝てるわけ……）

（ありませんの……）

（じょ、冗談キツすぎ……）

コレットにフランシーヌ、ジニーすらも、指一本動かせない。

全身から滝のように冷や汗を流し、震えるだけだった。

「うん。その反応でわかった。キミ達がリィエルの〝余計〟だね？」

そんな生徒達の反応に、エリエーテがニコッと笑った。

「キミ達がいるから、リィエルはいつまで経《た》っても〝なまくら〟なんだよ。本当に……キミ達みたいな凡人風情《ふぜい》が、天才の足を引っ張るなんて許されることじゃない」

「な、何を言って……？」

カッシュ達は、心底、エリエーテの言っている意味がわからなかった。

あまりの得体の知れなさに、恐怖を通り越して気が遠くなってしまう。

そして、そんな中、エリエーテは一方的に、カッシュ達へ告げる。

「えーと、唐突で悪いんだけどさ。リィエルのために……みんな、死んでね？」

誰も動けない中――

エリエーテが、ちき、と親指で佩剣《はいけん》の鯉口《こいぐち》を切った。

――〝死〟。

そんなエリエーテの姿に、誰もが濃厚で圧倒的な〝死〟のイメージを抱かずにいられなかった――まさにその時だった。

誰もが動けない中、その中で唯一、動く者がいた。

「ふ――ッ！」

霞《かすみ》と消えるような瞬歩。躍る残像。

幻惑の歩法から放たれる、ただ真《ま》っ直《す》ぐの拳。

それは、まるで一閃《いっせん》の閃光となって、エリエーテの顔面を急襲する。

その鋭さたるや、まるで空気を引き裂くほどだが――

「おっと？」

当然、エリエーテは、ふらっと跳んで、その拳打をかわす。

空中でひらりと宙返りをしつつ、少し離れた場所に足音軽く降り立つ。

今、自分に拳を撃ち込んできた人物を、物珍しそうに見つめる。

「おや、キミは……？」

そんなエリエーテの問いに答えたのは、当人ではなく——生徒達だった。

「「「ふぉ、フォーゼル先生⁉」」」

あまりにも意外な人物の登板に、上がる素っ頓狂な声。

「ふん」

フォーゼルが生徒達を背後に庇《かば》うように立ち、鼻を鳴らして拳を構えた。

「逃げろ」

「え？　でも……」

「いいから逃げろッッッ！」

いつになく真剣な表情で、有無を言わさない怒声を上げるフォーゼル。

「この女は、僕が引き受けるッ！　リィエルを連れて早く逃げろッ！」

その激しい一喝が、凍りつく生徒達の魂を叱咤するが。

「あ、逃げちゃ駄目。斬るよ？」

穏やかなエリエーテの一言が、再び生徒達の身体《からだ》を凍《い》てつかせようとして。

「はぁああああああああああ──ッ！」

刹那、フォーゼルがエリエーテに向かって駆けた。

「──ッ⁉」

刮目《かつもく》するエリエーテ。

寸打から、肘、裏回し蹴り、左右の突き──フォーゼルの連続攻撃は、恐ろしく滑らかで恐ろしく速い。

一打ごとにブチ抜かれた大気が振動し、真空が渦を巻く。

その手足は、まるで空を舞いて天に喰《く》らいつく龍の如《ごと》く──

「……わわッ⁉」

ざっ！

フォーゼルの手練の連続技に、エリエーテは泡を喰って身を捩《よじ》り、それをかわして、その場から素早く跳び離れる。

ごうっ！

刹那、フォーゼルの剛脚が旋風のように翻《ひるがえ》った。

咄嗟《とっさ》にエリエーテがさらに下がるが——フォーゼルの脚はエリエーテの腰を掠めた。

「！」

パキン！　と。

剣を納めた鞘《さや》の留め具が壊れ、エリエーテの剣が城壁の外へと飛んでいく——

「ええええ……？　ボクの剣が……嘘ぉ……」

目を丸くするエリエーテ。

「……ふぅー」

フォーゼルが深く息を吐いて残心し、拳を構え直す。

一体、今、何が起きたのか……その場の誰もが唖然《あぜん》としていると。

「……やるね」

エリエーテが、フォーゼルを興味深そうに流し見た。

「まさかまさか、こんなところに、あの【天曲】の使い手がいたなんて」

「化け物め」

「えー？　オジサンも大概、化け物だと思うけど？」

額に汗を浮かべるフォーゼルを、エリエーテは肩を竦《すく》めて返す。

「九十九《つくも》拳【天曲】……ボクの【孤独の黄昏《トワイライト・ソリチュード》】と同じく天に至る道。徒手空拳の極みであり、一種の魔法。

その本質は、〝その使い手の最大威力《クリティカル》の攻撃を、あらゆる因果律をねじ曲げ、必ず相手に入れる必中攻撃〟。それはまるで聞く者の運命を分かつ天界の楽曲の如く」

「その必中のはずの攻撃を難なく避《よ》けた、お前はなんなんだ？」

「ただ、オジサンの〝極め〟が足りない。それだけだよ」

エリエーテが、くすりとフォーゼルを流し見てほくそ笑む。

「どうやらオジサンも〝余分〟が多そうだしね」

「ちっ……こんなことなら、サボらずもう少し極めておくべきだったか……」

苦々しく表情を歪《ゆが》めながら、フォーゼルがまだ周囲で呆然《ぼうぜん》としている生徒達《たち》へ向かって再度叫んだ。

「何をボサッとしている⁉　早く逃げろ！　こんな化け物、もう何度も抑えてられんぞ！」

「だ、だけどよ、フォーゼル先生……ッ！」

「それに、だ！　……もう、ここは終わりだ」

フォーゼルがそう言った、その瞬間だった。


どっ！


城壁の一角に大きな騒ぎが上がった。

「うわぁあああああああああ⁉　も、もう駄目だ、抑えきれない⁉」

「し、死者達が……雪崩《なだ》れ込んできたぞぉおおおおおお――ッ⁉」


アアアアアアアアアアアアアアアアアアアアア――ッ！


ついに。

死者達が城壁の防衛線を越えて、城壁上に溢《あふ》れ出《だ》すように雪崩れ込んできたのだ。

そこの戦線は完全に崩壊し、生徒達が逃げ惑う。

魔導兵達はせめて、生徒達を先に逃そうと、必死に隊列を組んで食い止める。

そんな人々を嘲笑《あざわら》うように、死者達が続々と城壁を乗り越えてくる――

そして、突破されたのは、その一角だけではない。

見渡せば、城壁のあちこちで、似たような光景が繰り広げられていた……

「あ、あああ……ぁあああああ……ッ！」

「そ、そんな……」

「フェジテにはまだ、多くの市民が残っているのに……」

「ここを突破されたら……」

愕然《がくぜん》とする生徒達へ。

「だから！　逃げろ！　早く！　ここに突っ立っていたら、この化け物に斬り殺されるか、死者に喰い殺されるかの二択だぞ⁉」

そんなフォーゼルの叱咤《しった》に。

「くっ……申し訳ございません、フォーゼル先生。ここはお願いします」

リゼが苦渋の決断をする。

「総員、撤退です！　都市戦を展開する各帝国軍部隊と合流します！　急ぎなさい！」

そんなリゼに衝《つ》き動《うご》かされるように。

その場の学徒兵……カイにロッド、エレン達はようやく、慌ただしく動き始めるのであった。

「くそ……リィエルちゃんは、俺が担《かつ》いで走る！」

カッシュが涙目で、前後不覚のリィエルを背中に背負い上げる。

「行くぞ、皆《みんな》！」

「え、ええ！」

カッシュが音頭《おんど》を取り、それに従うように二組の生徒達がバラバラと駆けていく。

城壁の階段を降りて、その場から大挙して逃げ出していく。

「おい、死ぬなよ！　フォーゼル先生！」

「ふん、死んでたまるか。まだ、書きたい論文は山とあるんだからな」

そう言って、生徒達を送り出して。

周囲がにわかに慌ただしくなる中、フォーゼルはただ一人、エリエーテと対峙《たいじ》するのであった。

「やれやれ、逃げられちゃった」

エリエーテが肩を竦める。

「でもまぁ、いっか！　畑が違うけど、思わぬ収穫はあったし」

「…………」

「後で、真に完成したリィエルと戦う時に備えて……軽くスパーリングと行こうか。オジサンの見た〝天〟にも、ちょっと興味あるしね？」

エリエーテが、ゆっくりと構える。

彼女の剣は城壁外に飛ばしたため、今は徒手空拳だ。

だが、徒手空拳なのに。間違いなく、剣をその手に持っていないのに。

フォーゼルは強烈に感じていた――エリエーテのその手にしっかりと握られている〝剣〟の存在を。

「ん。その様子なら、ちゃんとわかっているようだね、オジサン」

エリエーテは嬉《うれ》しそうだった。

「剣を奪ったから弱体化した。そんな甘えは一切捨《す》てた方がいい。実は今のボク、本当はもう剣なんて要らないんだ。他でもない、ボク自身が〝剣〟なのだから」

「ちぃ……ッ！　規格外のデタラメめ！」

「さぁ、行くよ！　オジサンの中途半端《ちゅうとはんぱ》な【天曲】が、ボクの【孤独の黄昏《トワイライト・ソリチュード》】にどこまで通用するか――試してみよう！」

その言葉を皮切りに。

フォーゼルの姿が消える。

刹那、エリエーテの姿も消える。

互いに向かって、神速で真っ直《ま す》ぐに突進していって──

衝撃音。

交錯する剣撃と拳撃が、フェジテの大気を震わせるのであった。

第二章　不退転

「……ッ！」

珍しく、アルベルトが憤怒《ふんぬ》と激情も露《あら》わに、眼前に出現したその〝紅と蒼《あお》の双魔槍《そうまそう》を携えた女性悪魔〟を見る。

「なぜ……なんでよ……なんでなのよぉおおおおお——ッ⁉」

頭を抱えて泣き叫びながら、ルナも、眼前に出現したその〝長大な黒い魔剣を提げた男性悪魔〟を見る。

その二体の悪魔達の貌《かお》は。

吐き気がするほど暴力的な魔力を放つその概念存在達の、その姿は。形は——

「アリア……」

「チェイス……ッ⁉　な、なんで、なんでチェイスが……ッ⁉」

――かつて、アルベルトやルナが、パウエルに奪われた最愛の者達《たち》であったのだ。

「はっはっは……気に入っていただけましたかな？」

アルベルト達の反応に、パウエルが満足そうに言った。

「これぞ、私の悪魔召喚術の極み。到達点。

聖エリサレス聖書聖典・旧約神譚録《たんろく》……それに語られる人と天使と悪魔達の最終戦争にて名を馳《は》せた強壮なる六魔王達。

その六魔王が一柱――《葬姫》アリシャール。

同じく六魔王が一柱――《黒剣の魔王》メイヴェス。

我が悪魔召喚術が誇る、最高最強の眷属《けんぞく》達ですよ」

「……貴様のすることには相変わらず反吐《へど》が出る」

アルベルトが、パウエルを視線で呪い殺さんばかりに睨《にら》み付《つ》ける。

そして、苦い過去に思いを馳せた。

そう。

それはアルベルトが、まだ〝アベル〟だった頃の話。

〝アベル〟の実の姉――アリア。

彼女は、生まれた時から《葬姫》アリシャールの分霊をその身に宿していた。

そのため、パウエルは、《葬姫》アリシャールとしてのアリアを手に入れるため、アルベルトとアリアの故郷を滅ぼし、二人を引き取って、仮初めの家族を作り上げ……そして、家族同然だった九人の孤児達を、邪悪な儀式の生贄《いけにえ》へと捧《ささ》げた。

アリアの魂へ無理矢理に同化させた。

全ては――アリアを《葬姫》アリシャールとして覚醒させるために。

自身の手駒として、アリアを手に入れるために。

その時、アリアは〝アベル〟を守るため、自爆の最期《さいご》を遂げたのだが――

「……アリアは消滅していなかったのか」

「ええ、六魔王ともあろう者が、あの程度で消滅するはずがございません。貴方《あなた》の姉アリアの存在本質は、すでに契約で我が深淵《しんえん》の内にありましたから。もっとも――アリアとしての自我や意識は、完全に吹き飛んでしまいましたがね」

そんなパウエルの言葉に呼応するように。

ジャキン！

アリア――否《いな》、《葬姫》が、紅と蒼の双魔槍をアルベルトへ向かって構える。

最早《もはや》、その双眸《そうぼう》が湛《たた》えるは、どこまでも底の見えない深い奈落。

かつてあった肉親への親愛の情など最早、微塵《みじん》もないようであった。

「ねぇ⁉　なんで⁉　なんでチェイスが悪魔なんかになっているのよぉ⁉」

一方、ルナは、先ほどまでパウエルやアルベルトを殺してやると激憤していた様は、どこへやら。今やすっかり狼狽《うろた》えきり、頭を抱えて泣き喚《わめ》くだけだ。

そんな無様なルナを愛《め》でるように、パウエルが告げる。

「少し考えればわかることでしょう？　なぜ、ただの人間を、仮初めにも真祖吸血鬼として復活させることができたのか？　〝素質があった〟以外になんだと言うのです？」

「そうか。その男もアリアと同じか。魔王の分霊を、生まれながらにその身に宿していたのだな？」

アルベルトが、パウエルを睨む。

「そして……やはりアリア同様、貴様に利用された」

「ふふっ……利用されたなどとは人聞きが悪い。私はただ、あるべき者をあるべき姿へと戻す手助けをしたまで」

そして、パウエルが両手を広げた。

「さぁ、宴《うたげ》を始めましょう。役者は粒揃《ぞろ》いです。かつて神話の時代に世界を滅ぼした魔王、同じく神話の時代に世界を救った天使、そして、人類最強の魔術師。

つまり、これは人と天使と悪魔の最終戦争――旧約神譚録『炎の七日間』の再来と言えるでしょう。

最愛の姉と、最愛の男との再会も併せて、これほど心躍る舞台もありますまい」

「――――ッ⁉」

「さぁ！　この黄昏《たそがれ》の廃都を舞台に、神代の神話を貴方《あなた》達で再現するのです！　哀《かな》しき悲劇の神話を、心行くまで魂のままに！　闘争するのです！　はっはっはっは！」

そんなパウエルの宣言を皮切りに。

ばっ！　アリア――否、《葬姫》が、その黒い翼を広げ――アルベルトに向かって一気に突進してくる。

巻き起こる衝撃波が、周囲の朽ち果てた石造の遺跡を悉《ことごと》く破壊して、突っ込んでくる。

「――《光の障壁よ》！」

アルベルトが呪文を唱える。

黒魔《くろま》【フォース・シールド】。瞬時に展開される魔力障壁。

だが、《葬姫》は、双魔槍を振るい――それを木っ端微塵《こばみじん》に破壊。

そのまま、漲《みなぎ》る殺意と共にアルベルトへ――双魔槍を繰り出した。

無論、それは人間の反応限界を大きく超えた、神速を凌駕《りょうが》する魔速の槍撃《そうげき》だ。

アルベルトは〝右眼《みぎめ》〟の出力を全開にして、《葬姫》の動きを捉え――《疾風脚《シュトロム》》で跳び下がり、双魔槍の間合いを外す。

当然、《葬姫》は食い下がる。

双魔槍を振るい、紅の魔槍から冥界第七園の壮絶な火炎を、蒼の魔槍から冥界第六園の極寒の凍気を放つ。

正負相反する壮絶なエネルギーの破壊力が、聖外典・聖曲至界暦程の神話を完璧に再現し、氷炎地獄となりてアルベルトを容赦なく襲う。

「《金色の雷獣よ・地を疾《と》く駆けよ・天に舞って踊れ》――ッ！」

アルベルトが、稲妻の嵐を振り放つ。

〝右眼〟で悪魔の神話魔術の理《ことわり》すら理解し、対消滅を狙う。

ずぎり、とアルベルトの脳に走る鋭く重い激痛。過負荷がもたらす代償。

そして――炸裂《さくれつ》。

上がる衝撃と爆音が、廃都を震わせるのであった。

「……アリア……ッ！」

「ガァアアアアアアアアアアアアアアアア──ッ！」

激しく明滅し、震える世界の中。

アルベルトと《葬姫》が、激しく魔術と魔槍でせめぎ合い続ける──

そんな、アルベルト達の異次元の戦いを他所《よそ》に。

ルナは、チェイス──《黒剣の魔王》と震えながら対峙《たいじ》していた。

「ねぇ……チェイス……チェイスったら……私だよ？　ルナだよ？」

ジャキン。

ルナへの返答は、《黒剣の魔王》が黒い大剣をルナに向かって構える金属音だった。

「ねぇ……なんで……？　どうして、貴方が私に剣なんか向けてるの……？」

まるで聞かず。

《黒剣の魔王》は、その大剣を頭上に掲げ──その刀身に闇色の炎を滾《たぎ》らせた。

その場のあらゆる光という光を吸い込む、奇妙な炎だ。

それこそが《黒剣の魔王》の権能──触れる全ての命を根源から焼き尽くすという、終末の炎、冥界第九園《ケル＝アレイア》の【黒い炎】だった。

そして……《黒剣の魔王》は、そのまま悠然とルナへ歩み寄ってくる。

一歩。

また、一歩と……

「や、やめてよ、チェイス……ッ！　私……貴方と戦えないよ……」

ルナは嫌々とかぶりを振りながら、後ずさりする。

「ねぇ！　思い出してよ！　ずっと傍《そば》にいるって言ってくれたじゃない!?　私のこと……

守るって言ってくれたじゃない!?　ねぇ！　チェイス！

お願い……お願いよぉ……ッ！　目を覚まして……ッ！　正気に戻ってよぉ……ッ！」

その時だった。

そんなルナの必死の訴えが届いたのか。

《黒剣の魔王》の動きが……止まった。

そして、こう呟《つぶや》いたのだ。

『……る、な……？』

「……ッ!?」

途端、ルナの表情が明るくなった。

「チェイス？　チェイス！　わかるの⁉　私のことが、わかるの⁉」

『るな……』

「そ、そうよ！　私よ！　ルナよ！　貴方の幼なじみ！　小さい頃からずっと兄妹《きょうだい》のように一緒だった……ああっ……ッ！」

はらはらと泣きはらしながら、ルナがふらふら《黒剣の魔王》の下へと歩み寄る。

「貴方がいなくなってから……私、ずっと終わらない悪夢の中を彷徨《さまよ》っているようだった……世界が灰色で……悲しくて、寂しくて、苦しくて、辛《つら》くて……独りぼっちでどうしたらいいか、全然わからなくて……ッ！　ぐすっ……ひっく……」

『……るな……』

「私にはもう何もなくなっちゃったけど……私、バカだったから、すっかり騙《だま》されて全部失っちゃったけど……でも、貴方さえいてくれれば、私、それで……」

『…………』

「もう……帰ろう？　一緒に、故郷に帰ろう？　私、もう何も望まない……貴方と二人でただ、静かに……ただ、それだけ……それだけでいいから……」

夢見るように切なげな表情で。

ルナが一歩一歩、《黒剣の魔王》へと近寄っていって。

後、もう少しで……その胸の中に縋《すが》り付《つ》ける。

その時だった。

『るな……』

「……何？　チェイス……」

幸せそうな笑みを浮かべるルナへ。

『死ネ』

《黒剣の魔王》は凄絶な笑みを、まさしく悪魔そのものの笑みを浮かべて——黒炎が漲る大剣を、ルナへと容赦なく振り下ろした。

鮮血が、この廃都の天上岩盤に届きそうな勢いで吹き上がった。

触れれば全てを焼き尽くすまで、決して消えないという冥界第九園《ケル＝アレイア》の【黒い炎】がルナの全身を包んだ。

無惨《むざん》に裂けたルナの身体《からだ》は吹き飛び、何度も激しく地面をバウンドし、廃都の廃屋を次々と倒壊させ、打ち捨てられた人形のように転がっていく。

黒い炎の熱で浮かされたような思考の中で。

ぐるぐる回転し、全身に弾《はじ》ける痛みを超えた衝撃の中で。

血反吐《ちへど》を吐きながら——ルナは物思う。

(……まぁ、わかってた。なんとなく……わかってた。こうなるって)

諦観。絶望。虚無。

ルナの心を塗り潰していた感情は、もうそれだけだった。

やがて、吹き飛ばされた勢いが消え、大の字で転がったルナが、遥《はる》か昏《くら》い天上を見上げる。

もう、身体は指一本動かなかった。

身体のダメージ以上に……心が死んでしまったのだ。

(もう……どうでも……いい……どうでもいいや……)

流す涙も即蒸発する【黒い炎】に焼かれながら、ぼんやりと考える。

どのみち、もう助からない。神話通りなら、この一度点《つ》いた【黒い炎】は、もうどうやったって消し止めることができないのだから。

(疲れた……疲れちゃったよ……もう……)

そんな虚《うつ》ろに虚空《こくう》を見上げるルナの視界の端に。

ざっ！

《黒剣の魔王》の姿が現れた。

必殺の【黒い炎】で焼くだけでは飽き足らず――きっちりとその大剣で首でも刎《は》ね、トドメを刺そうという魂胆らしい。

悪魔らしい暴虐の瞳でルナを見下ろしながら……《黒剣の魔王》はゆっくりと、その黒剣を振り上げていく。

ルナは、そんな《黒剣の魔王》の様を、ただ黙って見上げている。

見上げることしかできない。

（もう……どうでもいい……終わりたい……）

そして。

いよいよ、頭上高く黒剣を振り上げた《黒剣の魔王》が、ルナに向かってトドメの一撃を振り下ろそうとした――まさに、その瞬間だった。

どしゅ！

突然、《黒剣の魔王》の胸に、腕が生えた。

それは、稲妻《みなぎ》が張る腕だった。

びくんと震え、見開かれる《黒剣の魔王》の瞳。

震えながら、《黒剣の魔王》が首を回して、背後を振り返れば――

「〝その絶えざる光もちて、照らし賜《たま》え〟――〝かく、あれかし〟」

そこにいたのは、アルベルトだった。

アルベルトが、稲妻を漲らせた貫手で、《黒剣の魔王》を背後から貫いたのだ。

『グ――ガ――、ギィ――……ッ！』

《黒剣の魔王》が、そんなアルベルトを振り払おうと、震える手で大剣をアルベルトへと向けようとして――

「――〝主よ、憐《あわ》れみ賜え〟」

それより一瞬早く、アルベルトの〝右眼〟が、金色の黄昏《たそがれ》に燃え上がる。

すると、貫く貫手の稲妻が一際《ひときわ》強く輝き――

バシュ！

《黒剣の魔王》の身体が呆気《あっけ》なく弾け、四散する。

その身体の欠片《かけら》は、片端から真っ白な灰へと変貌し、ルナの傍《かたわ》らに降り積もった。

「ち――」

そして、アルベルトは【黒い炎】に包まれたルナを〝右眼《みぎめ》〟で見据え、その【黒い炎】を理解し――腕を振って、その炎を払った。

ルナの身体を焼いていた【黒い炎】は、それだけで呆気なく消し止められる。

「……ぁ……」

一命を取り留めたルナが……身を起こす。

地に降り積もった灰の一山へ、這《は》い寄《よ》っていく。

「あ……ぁ……ぁ……」

灰を……手に取る。

さらさらと、ルナの指から零《こぼ》れ落《お》ちていく灰。

彼女の愛《いと》しい人だった〝物〟。

「あ……あああ……ッ！」

ぼろぼろ、と。

もうとっくに絞り尽くしたと思っていた涙が、再びルナの頬を伝う。

ぽたぽた、と。

灰を涙が濡《ぬ》らしていく。

そして。

「ぁああ――ッ！」

ルナは、灰の塊をかき抱いて泣いた。

「ぁああああああああああああああああ――ッ！　うわぁあああああああああああああああああああああ――ッ！　ぁああああああああああああああ――ッ！」

慟哭《どうこく》が……虚ろな廃都へどこまでもどこまでも遠く響き渡る。

だが、そのまるで天が泣いているようなそれを。

アルベルトは、ルナの胸ぐらをぐいっと掴《つか》んで、強引に引き上げて――

ぱぁん！

思いっきり、その頬に平手打ちを入れるのであった。

「……あぇ……？」

頬を張られた衝撃で、一瞬忘我するルナ。

そんなルナへ、噛《か》み付くように顔を近付け、アルベルトが吼《ほ》えた。

「甘ったれるのもいい加減にしろッッッ！」

「――――ッ⁉」

「それは、お前の愛した男じゃない！　ただの悪魔だッッ！」

そう言い捨てて。

アルベルトは、ルナを突き飛ばすように放す。

がくん、と崩れ落ち、ぺたんと地面に尻をつくルナ。

そして――ルナは気付く。

こととは、遠く離れた向こう側。

そこで、何かが燃えている。

燃えながら、どんどんとその形を崩していっている。

最早《もはや》、取り返しがつかないほどに。

その何か正体は、考えるまでもない――《葬姫》だ。

「貴方《あなた》、まさか……殺したの……？」

「…………」

眼中にないと、パウエルを見据えるその横顔へ、ルナが問いかける。

「何それ……？　信じられない……ッ！　アレは貴方の姉じゃなかったわけ⁉　貴方、一体、なんなの⁉　血も涙もない！　貴方なんか人間じゃないわ！」

「…………」

「それに、よくもチェイスを……ッ！　鬼……悪魔……ッ！　呪ってやる！　未来永劫《えいごう》お前を呪ってやる……ッ！　呪って──」

だが、ルナが特上の呪詛《じゅそ》を吐きかけた、その時。

また、ルナは気付いた。

どこまでも鋭い表情でパウエルを見据える、アルベルトの横顔。

そのアルベルトの〝右眼〟から……血が一筋零れ落ちている。

それは果たして、人の身に分不相応な〝右眼〟を酷使し続けたことによる代償か、それとも──……

「…………」

アルベルトは、ルナには答えず。

ぐい、と血を手の甲で拭い、真《ま》っ直《す》ぐパウエルへ向かって歩いていく。

しっかりとした足取りで。

決して退《ひ》かないという不退転の決意を漲らせた、力強い確かな足取りで――

「あ、貴方……」

ルナは、そんなアルベルトの背中を見つめることしかできない。

やがて。

アルベルトは、十数メトラほどの距離を空けて、再びパウエルと対峙《たいじ》するのであった。

「下らない茶番はここまでだ」

「ふむ。これは確かに茶番でしたね」

パウエルが肩を竦《すく》める。

「まさか、貴方が姉の姿形をした存在を、それほど躊躇《ためら》いもなく滅ぼすとは。

それに、今の貴方を相手するには、かの《六魔王》ですら役者不足とは。まぁ、しょせん、分霊の悪魔など、こんなものなのかもしれませんが」

「………」

「それにしても、やはり貴方は素晴らしい。是非とも、こちら側に来ていただきたい。私は……ずっと貴方のような者を探し続けていたのです」

やはり、それには答えず。

「決着をつけるぞ、パウエル」

アルベルトが、ゆっくりと構える。

「やれやれ。昔から、貴方は自分が為《な》すべきを定めると、途端可愛《かわい》げがなくなります。仕方ありませんね、そろそろ児戯の時間は終わりに致しましょう――」

パウエルがそう宣言すると。

闇が。闇が。闇が。

圧倒的な闇が。絶対的な闇が。

パウエルから立ち昇り――世界の全てを闇で覆い尽くしていく。

「心せよ、人の子よ。この世界には人の及ばぬ深淵《しんえん》がある。後悔せよ、人の子よ。深淵を覗《のぞ》いて、人が人でいられた試しなし――」

そう言って。

闇が――無数の巨大な〝手〟を形作っていく。

そして辺りに展開した闇から、ありとあらゆる造形の悪魔が一匹、また一匹と、続々産み落とされていく。

開催される闇と混沌《こんとん》の饗宴《サバト》。

そして、何百という〝手〟と、何百という悪魔達《たち》が――アルベルトを深淵の底まで引《ひ》き摺《ず》り下ろさんと、怒濤《どとう》の津波のように押し寄せてくるのであった――

──────。

今や、フェジテは大混乱の極みに陥っていた。

都市のあちこちで激突する、帝国軍と外道魔術師。

その戦いの余波が花火のように上がり、フェジテを震撼《しんかん》させる。

そして──ついに城壁を乗り越え、都市内へ続々と侵入してきた死者の群。

「手の空いている部隊は、城壁方面の防御に回れ！　作戦フェーズはⅡだ！　こっから敵外道魔術師は、俺達S級以上の魔導士だけで相手する！　急げ！」

イヴが手筈《てはず》通りエレノアと交戦を開始した際に、代将を引き継ぐことになっていたクロウ＝オーガムが、眼前の外道魔術師を爆炎で吹き飛ばしながら、各部隊へ通信魔導器を通して叫ぶ。

「クソッ！　手が足りねえッ！　ベア！　お前は手勢を連れて、学院のガキ共を助けに行け！　一人も死なすんじゃねーぞ⁉」

「わかりました……って、クロウ先輩、後ろ⁉」

ベアが叫んだ瞬間。

「ひゃはははははははははは――ッ！　死ネ死ネ死ネ死ネ死ネェエエエ――ッ！」

気付けば、新手の外道魔術師がクロウの背中に向かって飛びかかっていた。

その手には、全てを腐らせる猛毒の瘴気《しょうき》が漲《みなぎ》っていて――

「しゃらくせぇえええええええええええええ――ッ！」

振り返り様に、クロウが〝鬼の腕〟を一閃《いっせん》。

「が――ッ⁉」

その外道魔術師を、上下に寸断するのであった――

――。

「きゃああああああああああああああ――ッ⁉」

「うわぁああああああ――ッ⁉　た、助けてくれぇえええええ――っ！」

恐慌《きょうこう》し、逃げ惑う市民達。

「「「ギシャアアアアアアアアアア――ッ！」」」

それを追う、死者、死者、死者の群。

都市内に侵入してきた死者達の数は、まださほど多くなく、死者達の動きも元々それほど速くない。多少戦いの心得があれば、それほどの脅威ではない。

だが、なんの戦う力も持たない市民にとっては、充分すぎるほどの脅威と恐怖だ。

しかし、そんな死者の群を――

「市民達を守れぇええええええ――ッ！」

「「「ぉおおおおおおおおおおおおおおお――ッ！」」」

フェジテの警備官達が隊伍《たいご》を組み、細剣《レイピア》と魔術を振るい、必死に食い止めている。

「退くな！　なんとしても退くな！　我々に外道魔術師達と戦う力はない！　ならばせめて、死者達の手から市民を守るのだ！」

フェジテ警邏《けいら》庁警邏総監ロナウドの指揮の下、警備官達は決死の対抗をしている。

市民を避難誘導し、要所にバリケードを築き、なんとか、都市の中央へ死者の群が流れるのを防ごうとしている。

「はぁ――ッ！」

女性警備官テレーズも、最前線で細剣を振るい、死者達を倒していた。

だが、倒しても倒してもキリがない。

額の汗を拭って、息を吐いていた、そこへ――

「……ッ⁉」

「「「ガァアアアアアアアアア――ッ！」」」

テレーズに向かって、五体の死者が同時に迫ってきていた。

「……くっ⁉」

五体同時は、さしものテレーズも手に余る。

背後を見れば、老婆が息子らしき人物に肩を貸されて、よたよたと逃げている。

周囲の警備官達は眼前の相手に手一杯。

「くそ……っ！　最早、ここまで……だが、やるしかない……ッ！」

ここは退かぬ、と。

決死の覚悟で、テレーズが細剣を構えた――その時だった。

「やぁあああああああああ――ッ！」

きらめく剣閃《けんせん》。

瞬時に倒される、五体の死者。

「な……」

卓越した剣技で、あっという間に死者を処理した、その人物は――

「ふっ……真打ちは遅れて登場するものですよ、テレーズさん」

「貴様、ロザリー＝デイテート⁉」

肩に、仕込み杖《づえ》の細剣を担《かつ》いだ娘――ロザリーであった。

「き、貴様、一体、なぜ……ッ⁉」

「いやぁ、あはは……適当に隠れてやり過ごそうとしたんですが、私が隠れている場所に限って、死者達がやってきちゃって……こうなったら、戦線で戦った方が、もう逆に生き残れるんじゃないかと……つまりはヤケクソです！」

じゃきんと、ロザリーが細剣を構える。

その目は半ばやけっぱちというか、完全に据わっていた。

そして、向かう先には、新手の死者達が数体。

「ぁあああああああああ、もうっ！　かかってきやがりゃあああああああああああああああああああ――ッ！　この正義の天才魔導探偵ロザリーが、みんな、みんな、ぶった切ってやるですぅうううううううううう――ッ！」

そう投げやりに叫んで。

ロザリーが敵の中へと果敢に切り込み、獅子《しし》奮迅の活躍を見せ始めるのであった。

「！」

　そして、テレーズがふと気付いて、辺りを見回せば。

　市民達の中にも武器を手に取り、なんとかできる範囲でフェジテを守ろうと、死者達と戦い始めた勇敢な者達が、ぽつぽつと出始めている。

　ロザリーの他に、特に目立つのは……卓越した立ち回りで死者達を次々と殴り倒していく少年の姿だ。

　テレーズはその少年に見覚えがあった。新聞で見た。つい最近、帝国拳闘界に彗星《すいせい》の如《ごと》く現れた期待の新人天才拳闘家であるその少年の名は、確か――……

「ふっ……私も、まだまだ負けるわけにはいかないな……ッ！」

　こんな最悪な状況だが、どこか口元を笑みの形に歪《ゆが》ませて。

　テレーズも果敢に死者達との戦いに挑むのであった――

　――――。

「――かっ……」

　どしゃあ……天の智慧《ちえ》研究会の外道魔術師、《夢魔》のメーアが、その場に膝をついてくずおれた。

メーアは何事かをブツブツ呟《つぶや》いており、その双眸《そうぼう》は完全に白目を剝《む》いており、彼女の正気は完膚なきまでに喪《うしな》われている。

その精神は深層意識領域《エリア》まで完全に破壊されており、最早《もはや》、一生涯、彼女の正気が元に戻ることはないだろう。

「精神支配勝負は……私の勝ちのようじゃな？　お嬢さん」

メーアをそんな状態に追いやった、シルクハットの伊達《だて》男……ツェスト男爵は、どこか複雑そうな面持ちで構えていた杖《つえ》を下ろす。

「貴女《あなた》のような美しい女性に、あのような〝終わりなき悪夢《エンドレス・ナイトメア》〟を見せるのは心苦しいが……こちらも守らねばならぬものがあるのでね」

そうぼやきつつ、ツェスト男爵は索敵魔術を起動し、周囲の戦況を探る。

（拙《まず》いな。ついに城壁を越えて、死者達《たち》が市内へ侵入しつつある……私が有利に相手取れる敵が殆《ほとん》どいなくなった今……私は各方面の救護に回った方が良《い》いかもしれぬな）

そう素早く方針を固めて。

ツェスト男爵も次なる戦場を求め、お得意の短距離転移魔術で、その場からすっと消えるのであった。

──────。

「嫌……嫌ぁ……！」

「……ッ！」

そこはフェジテのとある一角。

薄暗い路地裏の袋小路《ふくろこうじ》に、二人の幼い姉妹らしき少女達が蹲《うずくま》っていた。

そんな二人に、三体の死者が、ゆらりゆらりと迫ってくる。

二人は逃げ惑うままに、こんな奥まった場所に迷い込み……完全に追い詰められてしまったのだ。

「お姉ちゃん……怖いよぉ……怖いよぉ……ッ！」

妹が恐怖に震えて泣き叫び、姉に縋《すが》り付《つ》く。

「大丈夫……大丈夫だから……最後まで一緒だから……私がついているから……」

そうやってきつく妹の身体《からだ》を抱きしめる姉の身体も震えている。

だが、死者達にそんな姉妹愛に対する感慨は何もなく。

ただ、その身に刻まれた命令に従い、目につく命を片端から散らそうと歩み寄り……いよいよ、姉妹達に向かってその爪牙《そうが》にかけようとした……その時。

「《氷狼の爪牙《そうが》よ》」

突然、その場を凍てつく氷風が吹き抜け――

瞬時に、その死者達を氷塊の中へ閉じ込《こ》めた。

「……え？」

姉妹達が目を瞬《しばたた》かせて、見上げれば。

「…………」

自分達の前には、いつの間にか一人の娘が立っていた。

魔導士礼服に身を包んだ、赤い髪の娘だ。

「あっち」

赤い髪の娘は、とある方向を指さす。

「ここを一区画分引き返して右に抜ければ、そこで帝国軍の一隊が簡易陣地張ってる。そこへ行けば、とりあえず当分の間は大丈夫だから。そっから先は知らないけど」

「えっ……あの……」

その時、姉は気付く。

その赤い髪の娘の顔半分を覆う、酷《ひど》い火傷痕《やけど》に。

「そ、その傷……」

「ああ、これ？　大丈夫。昔のやつだから。それよりも早く。一応、その道中の死者は片してておいたけど、いつまた新手が来るかわからないから」

どこか投げやりに促す赤い髪の娘に。

「わ、わかりました……どなたか知りませんが、ありがとうございます！」

「……お姉ちゃん、ありがとう！」

そうお礼を言って。

姉妹達は立ち上がり、慌ててその場を立ち去っていくのであった。

しばらくの間、その赤い髪の少女――イリアは、そんな姉妹達の背を見送って。

「はぁ～～～～～～……」

やがて、盛大なため息を吐《つ》くのであった。

「……つい、助けちゃった。何やってんだろ、私……」

とん、と。

イリアが足音軽く跳躍する。

壁を、三度、四度と三角跳びで蹴り上がって、近場の一際《ひときわ》高い建物の屋根の上まで、まるで猫のような挙動で飛び上がる。

そして、周囲の様子を見渡した。

「まったく……何をやってるの、あの無能室長サマは。早く、エレノア゠シャーレットを倒さないと全部無駄になるじゃん……本当に、もう……」

そんなことをぼやきながら。

イリアは、眼下の混沌《こんとん》としたフェジテの光景を、まるで他人事《ひとごと》のように眺め続けるのであった――

――。

第三章　突破口

～～～～。

思えば。

私、[redacted]の人生は……ぶっちゃけクソそのものだった。

物心ついた時から親はなく、どこかのスラム街でドブ鼠《ねずみ》以下の生活を送っていた。

貧困の極み。

いつだって空腹で。纏《まと》う服はボロボロで。身体はノミだらけで。

日々は常に、死と隣り合わせ。

生きるためなら、盗み、殺し……なんでもやった。

錆《さ》びたナイフ一本が心の友。こいつだけは私を裏切らない。

たまに鴨《かも》と睨《にら》んで襲いかかった相手に逆にやられて、自分でも生きているのが不思議なくらい重傷を負わされて……普通なら破傷風の果てに、無様にのたれ死ぬところだが……

私は奇跡的に生き延びた。何度も死を乗り越えた。

今、思えば……その頃から〝才能〟があったのかもしれない。

……………。

……やがて、時は流れ。

月日を重ねて幼少期は終わり、私が〝娘〟になった頃。

幸運にも顔立ちが人並み以上に良かった私は、そこら辺一帯の元締めが経営する娼館《しょうかん》に拾われ、客を取るようになった。

悲惨と言うなかれ。

そもそも、その程度の話、私に限らず、この世界のどこにでも転がっている話だし。

そもそも、たった一晩、バカな男共に媚《こ》びへつらうだけで生きていけるその生活は……今までの暮らしと比べれば、まるで天国のような〝幸福〟な日々だったのだから。

そんな〝幸福〟な日々の中。

やたら、私を気に入り、執着する奇妙な客がいた。

その客は、毎回毎回、法外な金額を出して私を買っていく。

小太りで禿頭《はげあたま》、私くらいの実の娘がいてもおかしくない年齢の男。

正直、生理的嫌悪《けんお》感しかない気持ちの悪い男ではあったが、客は客。それだけの金を出されては、店も私も文句など一つも言い様がない。

どうやら、その客は魔術師らしい。

閨《ねや》を共にしながら、寝物語で何度も何度も同じことを聞かされた。

自分は本来、世界中の人間に褒《ほ》め称《たた》えられるべき偉大なる魔術師であり、こんな所で燻《くすぶ》っている人材じゃない、だの。

今の魔術学会はバカばかり、だの。

この自分の天才的理論を、世界はどうして理解できないのか、だの。

自分の研究が完成すれば、第七階梯《セプテンデ》など目ではない、だの。

その点、[redacted]は素晴らしい、君さえいれば、私は〝天〟に至れる、だの。

なんか、聞いた瞬間に忘れるクソどうでもいいことを色々聞かされ、けど、その都度、私は適当にその男を褒めちぎった。自尊心を満たしてやった。

なにせ、太客だ。その客から得る売り上げで、その娼館における私の地位は、格段に向上した。ならば、リップサービスの一つや二つ、当然も当然。

調子に乗った男は、私の目論見《もくろみ》通り、ますます私にのめり込んでいく。

やがて。

案の定、その男から、私を身請けする話が出てきた。

それが〝妻〟や〝妾《めかけ》〟としてではなく、〝娘〟として私を引き取りたいなどと堂々のたまうあたり、男の気持ち悪さは吐き気を通り越して、呆《あき》れに達するけど。

それでも店側としては、出す物を出してくれれば、まったく問題ないとのことで、とんとん拍子で話は進んでいった。

……本音を言えば。

私はその時、嫌な予感がしたのだ。

私の本能が猛烈に叫んでいたのだ。

逃げろ、と。

全てをかなぐり捨ててでも、再びあのドブ鼠の生活に戻ることになろうとも、その男の物になってはならない。地の果てまで逃げろ、と。

気付いていたのだ。

いつしか、その男の私を見る目が……性的欲求の対象としてだけでなく、もっと別の闇の深い……危険な何かを渇望《かつぼう》するような目になっていたことに。

私は、心のどこかで気付いていたのだ。その男の秘められたる危険性と闇に。

だけど。

当時の私に、選択などあってないようなもの。

今さら、あのドブ鼠以下の生活に戻る？　無理だ。

そこら一帯を取り仕切る元締めの目とその追っ手をかいくぐって生きる？　そんなの無理だ。

そもそも、高級娼婦《しょうふ》扱いだった私を身請けするだけの財力を、男は持っている。

多少、その男と毎夜肌を重ねる不快ささえ我慢すれば、私はもう一生、寒さや空腹とは無縁の生活を送ることができる。

あのドブ鼠生活とは天地ほどの差がある、安寧なる日々を享受できる。

その男をきっと生涯愛せないだろうが、ひょっとしたら、子供は愛せるかもしれない。

もう絶対に無理だと思っていた、ほんのささやかな幸福を……摑《つか》むことができるかもしれない。

私は、自分にそう言い聞かせて。

男に身請けされ、男の屋敷《やしき》に連れていかれた。

結論を言えば——甘かった。

全てが間違いだった。

本能が訴える叫びに任せるまま、全てを捨てて逃げるべきだった。

私を待っていたのは、私が望んだささやかな幸福どころか、ドブ鼠生活すら天国に思えてくる、底なしの、掛け値なしの地獄だった――

「ァアアアアアアアアアアアアアアアアア――ッ!?　ぎ、ぃぁあああああああああああああああああああああ――ッ！」

地下室に、私の絶叫が響く。

喉が裂けんばかりの、絶望と苦悶《くもん》が炸裂《さくれつ》し、歪《ゆが》んだ世界に反響する。

四方を石壁で囲まれたその部屋は……一言で言えば、拷問部屋だ。

鋼鉄の処女、拘束台、鎖、焼きごての刺さった火炉、鉄の籠……見るも悍《おぞ》ましい様々な拷問器具が取り揃《そろ》えられている。その品揃えは、拷問器具の博物館とでも思わせるほどだ。

そして――奇妙な拷問台に、私は全裸で手足を鎖で拘束され、固定されていた。

私の全身には、びっしりと魔術紋様が刻まれている。

そして――

「ははははは……ははっ、ふははははは……ッ！」

一人の男が、歓喜の表情を浮かべ、私の胸部へ無我夢中でナイフを突き刺していた。

「ぎゃあああああっ!?　ぎぃあああっ!?　ぁあああああああああ――ッ！」

私の叫びが、ナイフが肉を抉《えぐ》る断続的な音と共にアンサンブルする。

そんな私の絶望と苦悶の悲鳴を、まるで極上の音楽でも聞いているかのように、うっとりとしながら、その男は叫んだ。

「ああ、いいよ……[redacted]、お前は素晴らしい……最高の娘だよ……ッ！　父親としてお前のような娘を持てて、私は幸せだ……ッ！」

「あ、ぁ……ぁあああぁぁ……が……」

「お前の魔術特性《パーソナリティ》【死の受容・授与】……それと、この『死霊秘法《ネクロノミコン》・空の章』写本……これさえあれば、私の理論の正しさを世界に証明できるのだよ……ッ！」

ぐりっ！　と。

男が、私の胸部に深く刺さったナイフを捻《ひね》り込んだ。

バキボキと肋骨《ろっこつ》が砕ける音が響き渡り、血が噴水のように噴き出し――

「ぎゃあああああああああ――ッ！　がッ!?　あぁっげぼごぼがぼッ!?」

自分の血に溺れるここ一番の絶叫が、私の口頭から炸裂した。

「そう……〝一度、経験したことのある死を踏み倒す〟……学会の愚かな連中は、皆、聞いただけで、天才のこの私の理論を否定した……ッ！

この天才の私を、愚かだの狂人だのとッ！　自分達《たち》の蒙昧《もうまい》さを棚に上げて、この私を貶《おとし》める……ッ！　挙げ句の果てに学会を追放するとは、許され難《がた》し大増上慢《だいぞうじょうまん》ッ！

　その想像力の貧困さが、やつら凡夫の限界なのだ……ッ！

　だが、私は違うッ！　弛《たゆ》まぬ研鑽《けんさん》と探究の果てに……ついに、それを成し遂げる手段を得たのだよ……ッ！」

　男が、ばっ！　と手に持った魔導書の写本を掲げる。

「答えは、実に簡単なことだったのだッ！　この世界は次元樹、つまり、ありとあらゆる可能性で分枝《ぶんし》した並行世界の〝重ね合わせ〟でできているのだッ！

　ならば、その並行世界から、〝同一存在〟をこの世界へ召喚し、その存在の〝死の経験〟を、次々と継承させてやれば良いだけの話ッ！

　この『死霊秘法《ネクロノミコン》・空の章』さえあれば、この次元樹内の全ての並行世界を超えて、■■■■の同一存在を召喚することが可能ッ！

　そして、この世界に存在する、ありとあらゆる〝死因〟を網羅し尽くした果てに……完璧で完全なる〝死の超越〟が可能となる……ッ！

　普通ならば、二、三度ほど死を経験すれば、人格は完全に壊れてしまうが……お前の魔術特性《パーソナリティ》【死の受容・授与】ならば、それに耐えることが可能……なぁ、そうだろう？

　私の可愛《かわい》く、愛《いと》しい娘よ……」

「…………」

私は何も答えられない。

だって、拘束台の上の私は、すでに事切れていたからだ。血塗《ちまみ》れで、見るも無惨《むざん》な死に様。人の尊厳などまるでない、ゴミのような〝死〟だった。

「……ああ、お休み。[redacted]。でも……また、すぐに会えるよ」

男が穏やかに笑い、私の死体を拘束台から外すと、すぐ傍《そば》に、どさっと打ち捨てる。

見れば。

その拘束台の周囲には、私の死体が、何十何百と折り重なっている。

どの私も、思わず目を背けたくなるような姿に〝壊されている〟。

そして、男はそんな私達に見向きもせず、なんらかの悍ましき魔術法陣が描かれている血塗れの拘束台へ向かって魔導書を開き、呪文を唱え始めた。

すると……魔導書と拘束台が不穏な、黒い光を放ち始め――

やがて、拘束台の上に、新しい私が拘束台に繋《つな》がれた状態で再び出現した。

そして、出現した途端――

「ごほぉおおおお――ッ!? げほがはぁあああ――ッ!? がっ、ぎぃ……ぐぇ」

私は激しく暴れながら噎《む》せ返《かえ》り、やがて、周囲を怯《おび》えた表情で見回す。

そして、状況を理解して……

「ひぃっ⁉　わ、私……ま、また……また、戻され、て、て……ッ⁉」

「お帰り、別世界の我が愛しい娘……どうやら、以前のお前の記憶と〝死の経験〟の継承は上手《うま》くいったようだね？」

ずっ、と。

拘束された私の視界に、男の歪んだ笑顔が現れた途端。

「嫌ぁあああああああああああああ――ッ⁉」

私の金切り声が拷問部屋に響き渡った。

「嫌だ！　もう嫌ぁ！　もう死にたくない！　死にたくない！　助けて！　誰か助けてぇえええええ――ッ！　ああああああああああああ――ッ！」

がちゃがちゃがちゃっ！

私を戒める手足の鎖が耳障《みみざわ》りな音を立てるが、当然、びくともしない。

「ああ、再会一番、父親に向かってなんて酷《ひど》い……でも、お前も、いつかきっとわかってくれる……この私の愛をね……」

半狂乱で暴れて泣き叫ぶ私を他所《よそ》に、男はがちゃがちゃと周囲の拷問器具を漁《あさ》る。

「ひぃいいっ⁉　ひぃいいいいいいい――ッ⁉」

「私はね……長年の研究の末、この世界そのものに記録分類される人の〝死因〟を、パターン化……型分けすることに成功したのだよ。

刺殺、扼殺《やくさつ》、殴殺、格殺、絞殺《こうさつ》、焚殺《ふんさつ》、焼殺、斬殺、撲殺、射殺、銃殺、薬殺、毒殺、圧殺、轢殺《れきさつ》……その数、七万五千六百六十二通り。

つまり、この私が型分けした七万五千六百六十二通りの〝死〟を、お前に経験させることによって……お前は真の意味で、あらゆる〝死〟を踏み倒せる至高の存在となる……私の理論の正しさを証明する、最高の親孝行娘となるのだよ……ッ！

だが、この方法では、どうしても、お前に経験させてやることができない〝死〟……越えられない〝死〟のジレンマがあるのだが……それも、〝死の経験〟の数をとにかく増やせば、ほぼ問題はなくなる……限りなく不死身へ近付く……」

「やだぁ！　やだやだやだやだやだぁあああああ!?　助けて!?　もう止《や》めてぇええええええ——ッ!?」

ここを地獄と言わずしてなんと言う？

一度死ぬ度にリセットされるから。正気でなくなることすらできないのだ。

「お父様！　あ、愛するお父様！　私、なんでもします！　なんでもいたしますからぁあああ——っ！　心の底からお父様を愛します！　私の全てを尽くして一生涯、誠心誠意、お父様にご奉仕致します！　だから許して！　もう許して！　お願い……ッ！」

「ああ、愛するお前なら、きっとそう言ってくれると信じていたよ……なあに、後たった六万四千三十回だから頑張るんだよ……ここは《時隔ての間》と同じ空間……時間はいくらでもある……お前ならきっとできる……」

そう言って。

がしゃり、と。拘束台へ繋がれた私の眼前に、男がそれを突き出す。

「ところで、次の〝死因〟はどっちがいいかな？」

それは、巨大なノコギリと、赤々と燃える松明《たいまつ》で――……

「ぁ、ぁ、ぁああ――……」

〰〰〰〰。

「……くぅううううう――っ!?」

たまらず、イヴが術を解いていた。

全身を気持ち悪い汗が滝のように伝い落ち、肺は酸素を求めて過呼吸気味だ。

心臓は今にも過剰鼓動で破れそうなほど、拍動している。

「はぁー……ッ！　はぁー……ッ！　はぁー……ッ！」

……危なかった。

自分がイヴであることを思い出し、自分とエレノアの意識を切り離すのが後一歩、遅れていたら……呑み込まれていた。帰ってこられなかった。

イヴが幻の炎を介して、垣間見《かいまみ》たエレノアの闇。

イヴも今まで、外道魔術師の歪んだ欲望が暴走する、陰惨な魔術実験現場を数限りなく見てきたが……エレノアの体験したそれは群を抜いていた。

最早《もはや》、比較するのも悍ましい、断トツの最低最悪の光景であった。

あの百戦錬磨の軍人たるイヴですら、思わず込み上げてくる吐き気と寒気を抑えきれない。血の気が引いて、世界が遠くなる感覚を抑えられない。

だが、気迫で自身の魂を叱咤《しった》し、意地で過呼吸をねじ伏せ、顔を上げる。

「…………」

見れば、エレノアはいつの間にか【フレイム・バインド】の拘束を解いており……不気味なまでに沈黙して、俯《うつむ》いていた。

「…………」

「…………」

フェジテ中で遠く上がる戦いの喧噪《けんそう》を背景音楽に。

一時、二人は奇妙なまでに沈黙し……微動だにしなかった。

だが、やがて。

「見　タ　ナ？」

地獄から轟《とどろ》くような、おどろおどろしい声が、エレノアの喉奥から絞り出された。

「……見タナ……？　見タナ……？　見タナ？　見タナ見タナ見タナ見タナ見タナ見タナ見タナ見タナ見タナ見タナ――ヨクモ見タナァアアアアアアアアアアアアアアアアアアアアアアアアアアアアアアアアアアアアア嗚呼《ああ》ああああ――っ⁉」

エレノアにとって、それはよほど暴かれたくない過去――真なる逆鱗《げきりん》だったようだ。それを踏み抜かれたがゆえの怨嗟《えんさ》と憤怒《ふんぬ》の激情は、それだけで人を呪い殺せるほどだ。

だが――

「見たわよ。それが何か？」

イヴが髪をかき上げながら、あっさりと言い捨てた。

「お陰で、貴女《あなた》の不死身と無限の死体召喚術の正体がわかったわ。

貴女の謎の全ては、貴女の過去にある。

あの拷問部屋と拘束台には、何か得体の知れない異次元・異世界の術式が走ってた。

恐らく、貴女は、あの悍《おぞ》ましい拷問部屋の拘束台上で経験した〝死〟の型を無効化する

……そして、貴女のその無限のような死霊術《ネクロマンシー》の正体は……」

「殺シテヤルゥウウウウウウウウウウウウウウウウウウ――ッ！」

エレノアが死霊《バンシー》のように絶叫した。

「よくも……よくも、私の惨《みじ》めで哀れな過去を掘り返したなぁ!? あの悍ましい過去を暴いたなぁあああああああ――ッ!? 許さない！ 許さない！ 許さない許さない許さない許さない許さないいいいいいいいいいいいいいい――ッ！」

「…………」

激昂《げきこう》するエレノアを、イヴは静かに見つめる。

「ええ、そうでございますわッ！ イヴ様の仰《おっしゃ》る通りッ！ 私はあの部屋で、おおよそ

この世界で有り得る、〝ありとあらゆる死〟を経験しましたわッ！　私はすでに死んでいる……ゆえに、その〝ありとあらゆる死〟を踏み倒せる……ッ！　そして──」

ずずず、と。

エレノアがその周囲に、再び死者を召喚する。

その比較的腐敗と損傷が少ない、死者達《たち》の姿と形は──……

「この子達は、あの部屋で死んだ私自身でございますわ……自身と同一存在であるがゆえ……他者の死体より簡単に、妨害も受けず、まるで手足のように使役・支配できる……代償なしのノーリスクでね。それが私の不死身と死霊術《ネクロマンシー》の正体。

固有魔術《オリジナル》【死覧博物館《デス・ミュージアム》】ですわ……うふっ、うふふふふふ……ッ！」

「ふうん？」

特になんの感慨もなさそうなイヴへ、エレノアが激情と憤怒と憎悪《ぞうお》を燃え上がらせながら言葉を続ける。

「私の唯一の弱点は、私が未《いま》だ〝経験したことのない死〟ですが……私が知る限り、そのような〝死〟は、最早一つしかございません。

それは……グレン＝レーダス様の黒魔《くろま》改【イクスティンクション・レイ】……アレだけは、本当にごくごく限られた者しか使用できませんがゆえに……」

「…………」

「ですが！　それ以外の死に関しましては、間違いなく完全に網羅致しましたわ……それこそ餓死から、孤独死、発狂死、腹上死に至るまでねぇッ!?

貴女様が考え得る、私に与え得るいかなる死も、私がかつて経験した〝死〟に、漏《も》れなく分類されると断言いたしましょう。そう、イヴ様……貴女には、まったく勝ち目がないのでございますわ」

恐らくは、封印や拘束の類いによる無力化が効かないのも、それの応用だ。

多分、それをやって無力化した時点で、自己死《アポトーシス》するような呪いの類いが条件起動式で発動するのだろう。そして、その〝死〟も当然、経験済み、いうわけである。

あらゆる封印や拘束を〝死〟を経ることで脱し……再びエレノアは復活する。

「なるほど、これは無敵だわ」

イヴは静かにそう言った。

そして──そんなイヴを、エレノアが鋭く睨《にら》み付《つ》ける。

ぽたり、ぽたり……と。

血の涙を流しながら、エレノアが怨嗟と憎悪と憤怒と殺意を極限まで煮詰め滾《たぎ》らせたような危険な目で、イヴを睨み付ける。

「ええ、ご理解していただけましたか？　イヴ様……よくもまぁ、私の闇を白日の下に晒《さら》してくれたものです……ああ、嫌な女……本当に、なんて、嫌な女……ッ！」

エレノアの喉奥から絞り出される声は、まるで地獄の底から響く風音のようだ。

「宣言いたしますわ、イヴ様……貴女はタダでは殺しません……貴女には、私がかつて味わった、七万五千六百六十二通りの〝死〟を全て味わわせてあげますわ……

かつての私がそうだったように……ッ！　貴女を、あの拷問部屋に閉じ込めて……あの拘束台に戒めて……一つ一つ丁寧に愛を込めて……ッ！　貴女を、あの、クソ親父と同じ目に遭わせてさしあげますわぁ……ッ！

一体、貴女がどんな風に泣いて叫ぶのか……今から楽しみでございますわ、ひゃは、ひゃははは……ッ！　ひゃはははははははははははははははは──ッ！」

戦場に。

エレノアの狂った嗤《わら》いが反響する。

世界が歪《ゆが》み倒れんばかりの、悍ましい不協和音が木霊《こだま》する。

だが、人間ならば誰もが膝の震えと背筋の寒気を抑えられない、その嗤いを前に。

「いい加減にしろ、このサイコ女」

腕組みをしたイヴが、毅然《きぜん》と言い放った。

エレノアの狂気を真っ向から払う、凜《りん》と響く声だった。

「はは──は？」

呆気《あっけ》に取《と》られたように嗤いを止めるエレノアへ、イヴがさらに言い捨てる。

「貴女ね……何、被害者ぶってるわけ？　お笑いだわ。確かに、貴女の過去の境遇には同情の余地もある。けど、貴女……何やった？　見なさいよ、このフェジテの有様《ありさま》を……あの悍ましい《最後の鍵兵団《ウルティムス・クラーウィス》》を……ッ！」

イヴも激しい怒りでエレノアを睨み付ける。

「ふざけないでよッ！　貴女、一体、何人殺したの？　何人殺せば気が済むの？　この帝国史上で、たった一個人で貴女以上に人を殺した人間、他にいると思う!?

貴女があのイカれた大導師に付き従って、何を望んでいるのか知らないし、そんなの心底どうでもいいわ。

私は絶対に貴女を許さない……ッ！　この国を脅《おびや》かす貴女を……罪なき人々を苦しめる、悪辣外道の貴女を……ッ！

帝国魔導武門の棟梁《とうりょう》……その尊き魔導の灯火で暗き闇を払い、世の人々の行く末を明るく照らし導くべき者──《紅焔公《ロード・スカーレット》》イグナイトとして！　私は貴女を滅ぼす！」

そう声高々に宣言して。

イヴは、その左手に灼熱《しゃくねつ》の炎を滾らせ、再びエレノアへ向かって構えるのであった。

「………………」

エレノアは、そんなイヴの目を見る。

その己が為《な》すべきことに対して、揺らぎなく真《ま》っ直《す》ぐ輝くその目は。

やはり、あの男を……グレン＝レーダスを強く、エレノアに想起させる──

「気に入りません……まったくもって気に入りませんわ……ッ！」

がりがりがりがりがり──ッ！

エレノアが右手の爪で、頭や顔面を血がしぶくほど引《ひ》っ掻《か》きまくる。

「ですが、よろしいのは威勢だけでございますね、イヴ様。私、言いましたよね？　私は不死身なのだと」

「…………」

「いかなる手段でも、貴女は私を殺すことはできません……一体、どうやって私を滅ぼすというのでしょうか？　うふ、うふふふ……ッ！」

すると。

「……ふっ」

　イヴが、にやりと口元を歪めて笑った。

「……何が……おかしいんですの？」

「何、あれで誤魔化したつもりなのってね？　まぁ、魔術師としての頭脳戦は、私の方が一枚上手ってことかしら？」

「なんの……ことでしょうか？」

「決まってるじゃない。貴女の不死身の弱点よ」

「……はぁ？」

　エレノアが、イヴをバカを見る目で流し見る。

「私の弱点……それは【イクスティンクション・レイ】による、根源素《オリジン》までの分解消滅……さすがにそれは経験したことがない……一体、それがどうかいたしましたか？」

「……と、貴女はそう誘導《ミスリード》したかった。……違う？」

　そんなイヴの指摘に。

「!?」

　ほんの微《かす》かに、注意していなければ気付かないほどに、エレノアの表情が強《こわ》ばった。

「なんでわざわざ、自分の弱点を開示したわけ？　ええ、確かに状況から判断するに、貴女に【イクスティンクション・レイ】は、効く可能性が高い。

ゆえに、貴女のその言葉には真実みがある。私も、それは凄《すご》く納得できた。

だけど……貴女はなぜ、そんな弱点を自ら晒《さら》したわけ？　別に、そんな情報は伏せておいてもいいいじゃない？」

「…………」

「不自然さには、必ず理由がある。そして、今回の場合、その答えは簡単。

この戦場に、グレンがいないから。

つまり、この戦いにおいては、まず間違いなく喰《く》らう心配のない【イクスティンクション・レイ】の弱点を晒すことで……ひょっとしたら、この戦場でも突かれうる、もう一つの弱点から注意を逸《そ》らしたかったから。……違う？」

「…………」

「そして、それも一つ一つ冷静に情報を整理して考えればわかるわ。

そもそも、おかしな話よ。貴女を身請けした魔術師……リヴァル゠シャーレットが提唱した〝既死体験による死の超越法〟は……二百五十年以上前の話。

世界最高の第七階梯《セプテンデ》、セリカ゠アルフォネアが【イクスティンクション・レイ】を開発して披露したのは、二百年前の『魔導大戦』の時……どうにも時系列が合ってない」

「………」

「貴女《あなた》の肉体年齢とかは魔術でなんとかするとして、当時のリヴァルが【イクスティンクション・レイ】を、貴女の死因として想定できたかどうかは疑問ね。

それよりも、もっとあり得る、確実な〝死〟の可能性がある。

貴女が決して、あの拷問部屋の中では経験しえない〝死〟。それは……七万五千六百六十二回の死を超えた……七万五千六百六十三回目の〝死〟。……違う？」

そんなイヴの指摘に。

「…………ッ⁉」

今、はっきりとエレノアの表情が動揺に揺れた。

それは断じて演技ではない。予想だにしえなかった真を突かれたからこそ、思わず発露してしまった〝隙〟だと、イヴの目は、経験則で判断した。

「覗《のぞ》いた貴女の過去で、リヴァルが言っていたわ……〝この方法では、どうしても経験させてやることができない死がある〟……〝越えられない死のジレンマがある〟……〝それは死の経験の数を増やせば、ほぼ問題はなくなる〟……と。

貴女が言う【イクスティンクション・レイ】で納得するには……どうにも引っかかる言い回しだった。

恐らく、貴女の不死身の秘儀は……あの部屋で受けた〝死因〟の他に、あの部屋で〝死んだ回数〟も重要な要素なのよ。

それを超える回数は復活できない。多分に予想とカマかけが入ってはいたけど、貴女のその反応を見る限り……どうやら正しかったようね？」

すると。

エレノアがしばらく俯《うつむ》いたまま、ぶるぶると振るえだして……

「……だから……なんだというのですか？」

エレノアが、闇の深い上目遣いでイヴを睨《ね》め上げる。

「仮に……もし、本当にそうだとして……だったら、なんだというのですか？」

「…………」

「七万五千六百六十二……私は七万五千六百六十二回の死を踏み倒せるのですよ？　それはもう、ほぼ無限──」

そう言いかけたエレノアを。

ごおっ！　どっ！

イヴが巻き起こした炎が、爆破炎上させた。

当然、炭化したエレノアがすぐさま再生を始めるが──

イヴはそんなエレノアへ突きつけるように言い放った。

「バカね！　〝無限〟と〝ほぼ無限〟は似ているようで、まったく違うわ！　そこには天と地ほどの差がある！　魔術の神秘は正体が割れれば、その威は半減する！　貴女はすでに不死身の怪物じゃない！　ただ、しぶといだけの人間よ！　だったら、やってやろうじゃない!?　たった七万五千六百六十二回！　貴女をきっちり殺しきってみせるわ！」

「ひゃは、ヒャハハハハハハハハハハハハハハハハハハハ――ッ！」

エレノアが笑う。

燃やされながら笑う。

「そんなことができますでしょうか!?　貴女様がこれまで散々命を尽くして戦い続けても……まだ、合計百十二回、いいえ、百十三回しか殺せていないのですよ!?」

「やる！　やってやるわ！　私の命に懸けて！　このイグナイトの誇りに懸けて！」

そう宣言して。

イヴが、素早く複雑な印を結び、呪文を唱えていく。

その身の魔力を振り絞るように極限まで高めて――

そして、左手を空に掲げて――叫んだ。

「姉さん、私に力を！《無間大煉獄《れんごく》真紅・七園》——ッ！」

それはイグナイトの眷属秘呪《シークレット》【第七園】の極地。

その瞬間。

イヴの支配領域下の全空間が、一片も隙なく超高熱の極炎で満たされ、遥《はる》か彼方《かなた》、天の果てまで立ち上る大焦熱地獄が出現する。

「ギャアアアアアアアアアアアアアアアアアアアア——ッ⁉」

全てが真紅に染まる世界で、エレノアの絶叫がアンサンブルするのであった。

第四章　黎明《れいめい》の光

「ぉおおおおおおおおお──ッ！」

「ふふ……」

燃え上がる城壁上で。

二人の男女が、激しく拳打と蹴撃を応酬し続けている。

フォーゼルとエリエーテだ。

「でぇやああああああ──っ！」

一見、戦いを優勢に運んでいるのはフォーゼルだ。

城壁上に沿って下がるエリエーテへ喰らいつかんと、前へ前へ。

肩で風を切り、真空を引き裂いて、前へ。

その巧みな足捌《さば》きが織りなす烈風の踏み込みを乗せて、エリエーテへと次々と撃ち込んでいく。

余人ならば一手だって受けていられない、手練の早業と威力の咆哮《ほうこう》。

鋭い左ジャブ、続く大砲のような右ストレート一閃《いっせん》、そのまま右足を軸に回転、左の肘打ち、右の膝、左ストレート、軽く跳躍して浴びせ蹴り——

エリエーテが下がって避《よ》ける。体捌きをしながら、下がる、下がる、下がる——

さらにフォーゼルが追う、追い縋《すが》る——踏み込む、前へ、前へ、前へ——

接近、右の肘、左の肘、前蹴り三連、続く踏み込みからの左手刀、逆回転、裏回し蹴り、続く本命、右ストレート一閃、二閃、三閃——

前に踏み込むまま、激流のように後方へ流れていく周囲の光景。

だが。

フォーゼルがどれだけ攻め立てても。

フォーゼルがどれだけ猛攻を繰り広げても。

「おっとっと」

エリエーテは、軽いステップと共に後退しながら、踊るようにかわし続ける。

「く——ッ！」

フォーゼルは常に魔力を全力で励起し、身体能力強化魔術を限界まで全開にしている。

全身全霊を燃やし尽くすように仕掛け続けているため、徐々に息が上がっていく。

だが、それでもフォーゼルはさらに攻撃と呼吸の回転数を上げ、エリエーテを攻める。

だが──当たらない。当たる気配を見せない。

そもそも、フォーゼルが繰り出す全ての攻撃に、【天曲】が乗っている。

つまりは、全弾必中不可避のはずの攻撃なのに──当たらない。当たる気配がない。

「うーん……さすがにかわすだけで精一杯かなぁ？」

とてもそうは見えない余裕の表情で、エリエーテはかわし続ける。

決して当たらぬ攻撃を、それでも微塵《みじん》も緩めず最高精度で繰り出し続ける中。

フォーゼルは、漠然と悟っていた。

（これ……多分、僕、死ぬな）

フォーゼルが生きているのは……否《いな》、生かされているのは……ただのエリエーテの気まぐれだ。

その気になれば、エリエーテはフォーゼルを一瞬で殺すことができるのだろう。

武術家としてそれなりに高い領域にいるフォーゼルだから、そのことがわかる。

エリエーテの気まぐれは、ひとえにフォーゼルが振るう【天曲】に対する興味と敬意だ。

フォーゼルの目には、自身の振るう【天曲】は、その手足が音楽を奏《かな》でているように見える。自分以外誰も目視することのできない楽譜が、拳や脚の先に見えるのだ。

エリエーテは、そんな【天曲】を興味津々《きょうみしんしん》といった感じで、かわしながらじっと眺めている。玩具《おもちゃ》を前にした子供のようなキラキラした目で。

エリエーテに、そのフォーゼルだけの楽譜が見えているかどうかは不明だが……その興味のお陰で、フォーゼルは生かされている。

多分、エリエーテがフォーゼルに飽きるか、あるいは別のものに興味が移るか……そうなった時点で、フォーゼルの命運は尽きるのだろう。

(やれやれ、意地を張ってしまったな。まだまだ書いてない論文が山とあるのに)

実にバカなことをしたものだ、とフォーゼルが心の中で舌打ちする。

素直に、逃げれば良かったのだ。

エリエーテなどと戦わずに生徒を見捨て、そもそも、こんなくだらない戦争が始まる前に、フェジテをさっさと脱すれば良かったのだ。

なのに、結局、なぜかこんな土壇場《どたんば》の最前線で、敵の主将クラスと命がけの格闘ゴッコという、アホ極まりない展開である。

(だが……まぁ……)

なんとなく納得もしていた。

こうして、グレンとの約束を守って、戦うのは……自分勝手で我が儘《まま》極まりない自分自身、驚いていることだが……そう悪い気分じゃなかったのである。

（とはいえ……そろそろだろうな……）

そんなことをフォーゼルが漠然と考えた、その時だった。


どおんっ！


フェジテ城壁の内側——学院に近い中心部で、凄《すさ》まじい火柱が上がった。

まるで天を衝《つ》くような、圧倒的な炎だった。

「おおっ⁉　あれはなんだろう⁉」

「——……ッ⁉」

気付けば、繰り出した拳の先のエリエーテが、忽然《こつぜん》と姿を消していた。

エリエーテは、フォーゼルの後方数メトラにいる。

城壁の石柵から身を乗り出して、その火柱を眺めている。

いつ回り込まれたのか。

フォーゼルは、右拳を誰もいない前方へ繰り出した体勢のまま、背中に冷たい汗の感触を覚えるしかない。

「あらら、エレノア、来ちゃったんだ？　じゃ、もうあんまり遊んでいる暇ないなぁ」

そして、ついにフォーゼルにとっての死の宣告が来る。

「ボクも早く、ボク自身の目的を達成するかぁ……というわけで」

エリエーテがちらりと、フォーゼルを流し見て。

「――ぅ、ぅおおおおおおおおおおおおおおおお――ッ！」

フォーゼルも振り返り様に、全身全霊をもって、最後の最高最速の一撃を仕掛けようとするが――

「――な⁉」

いつの間にか。本当にいつの間にか。

そもそも、いつ、それを拾ってきたのか。

エリエーテが……剣を、携えている。

「楽しかったよ、じゃあね」

フォーゼルの視界から、エリエーテの姿が瞬時に消えて。

どぱっ！

その場に、尋常じゃない量の血華が盛大に上がるのであった――

——。


フェジテの都市内を徐々に、死者の群が侵蝕《しんしょく》していく。

大通りを、裏路地を、死者の群が隊伍《たいご》を組んで押し寄せていく。

帝国軍がフェジテ警備官と連携し、要所要所にバリケードを築き、必死に押し止《とど》めようとしているが……最早《もはや》、押し切られるのは時間の問題だ。

少しでも死者の群から遠ざかろうと逃げ惑う市民達《たち》。

フェジテの中央部では、未《いま》だ多くの外道魔術師達が暴れており、帝国軍の主力魔導士達と一進一退の攻防を繰り広げている。

徐々に……徐々に、フェジテが燃えていく。かき混ぜるような混沌《こんとん》に呑《の》まれていく。

イヴの苦肉の策が効を奏し、開戦直後一気に《最後の鍵兵団《ウルティムス・クラーウィス》》に押し切られ、【メギドの火】で一気に消滅させられる……という事態は防げているが。

それでも、今、フェジテはゆっくりと滅亡へ向かっている。

そんな混乱と混沌の渦中《かちゅう》にて——

「ぜぇ……ぜぇっ……はぁ……はぁ……ッ！」

「はぁ――……はぁ……くぅ……ッ！」

必死に路地裏を駆け抜ける少年少女達の姿があった。

虫の息のリィエルを背に担《かつ》いだカッシュ……そして、ウェンディ、ギイブル、テレサ、セシル、リンである。

リィエルを背負ったまま走り続け、今にも倒れこみそうなほど疲弊しているカッシュの両サイドを、テレサとリンが併走している。

そして、二人は併走しながら、必死に法医呪文《ヒーラー・スペル》をリィエルへかけ続けていた。

「ぜぇ……ぜぇ……リィエルは……まだ治らねえのかよ……ッ⁉」

「ごめんなさい、全然治らない……ッ！　必死でやってるのに……ッ！」

リンが涙目で叫ぶ。

「考えてみれば、リィエルはすでに先日の戦いで四肢を失う大重傷……元々、治癒限界が近かったんだと思います」

テレサも沈痛そうにそう零《こぼ》すしかない。

「ロッドにカイ達……学院の他のみんなは無事かな……？」

殿《しんがり》を走るセシルが、やはり息も絶え絶えに絞り出す。

「わっかんねえ……ッ！　俺達、逃げ回る道中、死者の群に分断されちまったからな……

あいつら、上手《うま》くどっかの帝国軍部隊と合流できてりゃいいんだが……ッ！　まぁ、リゼ先輩達がついてるから、そうそう──……」

カッシュがそんなことをぼやいた、その時。

「「「ァアアアアアアアア──っ！」」」

そんな彼らの行く手を塞ぐように、前方の十字路の左の道から数体の死者が現れた。

「くそっ！　ついにこんなところにも現れ始めたか……ッ!?」

思わず足を止めるカッシュへ。

死者達が獣のような動作で飛びかかってくるが──

「《紅蓮《ぐれん》の獅子《しし》よ・憤怒《ふんぬ》のままに・吼《ほ》え狂え》！」

「《白銀の氷狼《ひょうろう》よ・吹雪纏《まと》いて・疾駆《か》け抜けよ》！」

ギイブルとウェンディの放った攻性呪文《アサルト・スペル》が死者達を薙《な》ぎ倒す。戦時特例で手習った軍用魔術の行使もすっかり慣れたものだった。

「おお!?　お前ら、ナイス！」

「ふん」

「この程度なら……なんてことありませんわ！」

そして、一難を切り抜け、安堵《あんど》する一同へ。

「カッシュ！　あっちだ！」

そして、セシルが右の道を指差す。

「探査魔術で周囲の様子を探ったよ！　あっちの方はまだ敵が少なくて安全だし、戦力健在な帝国軍の一隊が、防衛拠点を築いている場所があるみたい！」

「わ、わかった！　そっちへ行くぜ！」

みんなで頷《うなず》き合って。

カッシュ達は、右の道へとひた走るのであった——

走る。走る。カッシュ達が一丸となって走る。

まったく目を覚ます気配のないリィエルを守りながら、ひたすら走る。

途中、何度か死者達と遭遇したが、幸い、まだこの一帯は死者達の数が少なく、カッシュ達は力を合わせて、切り抜けていく。

そして。

帝国軍の一隊が防衛拠点を築いている広場に、彼らがやっとの思いで辿《たど》り着《つ》いた時。

彼らは気付いた。
そこが——安全地帯ではなかったということに。
そこが——ただの死地だったということに。

「なんだよ、これ……？」

辺り一面、血の海だ。

そこでバリケードを築き、死者達の侵攻から街を守ろうとしていた帝国軍一隊の兵士達の遺体が、折り重なるように転がっている。

全滅。

あまりにもわかりやすい、そんな状況の中。

そんな赤い血潮の海のド真ん中に……その悪魔は佇《たたず》んでいた。

「や」

エリエーテだ。

まるで、待ち合わせていた恋人と会ったかのように嬉《うれ》しそうな笑顔で、カッシュ達を振り返り、軽くはにかむように手を振った。

「そ、そんな……ッ⁉　あ、あ、貴女《あなた》が、ここにいるということは……ッ⁉」

「……ふぉ、フォーゼル先生……ッ！」

ウェンディやカッシュが呻《うめ》く。

身体《からだ》を張って自分達を逃がしてくれた、あの頑固な社会不適格教師に訪れたであろう最《さい》期《ご》を思って……誰しもが無念の表情で俯《うつむ》くしかない。

そして、そんな生徒達へ、エリエーテがどこまでも無邪気に、残酷に告げる。

「うん、確信した。キミ達が……リィエルの一番の〝余計〟だね。間違いない」

「……ッ⁉」

「えーと、友達っていうんだっけ？　キミ達みたいな、とるに足らないどうでもいい存在のせいで、リィエルの剣は完成しない。〝なまくら〟のままなんだよ。

だから、リィエルを完成させるために……ボクがキミ達を彼女から削《そ》ぎ落とす。悪く思わないでね？　これも……全部、全部、リィエルのためなんだ……」

そう一方的に言い捨てて。

エリエーテが、剣を携え……ゆっくりとカッシュ達へと歩み寄ってくる。

ゆっくりと、ゆっくりと。

絞首台《こうしゅだい》に上がる囚人が、十三の階段を一つ上る都度、だんだんと眼前に首吊《くびつ》り縄の輪が近付いてくる気分とはこんな感じなのだろうか……と、誰しもが漠然と思った。

「に、逃げろ……お前ら……」

だが、カッシュはリィエルを下ろし……あえて前に出た。

「お、お、俺が……あいつを食い止める……お前らはその間にリィエルを連れて……」

その姿は、はっきり言って、何一つ格好がついてなかった。顔は真っ青、滝のように冷や汗が頬を伝い、全身がぶるぶる震え、歯がガタガタ鳴っている。

だが、それでも前に立った。それは最早、ただの意地だった。

「……バカだな。君じゃ、時間なんて一秒も稼げるもんか」

ギイブルが、カッシュの隣に立つ。やはり震えている。

「ざ、残念だけどさ……僕達、もう詰んじゃったみたいだね……あ、あはは……」

セシルも震えながら、肩を竦《すく》めてみせる。

だが、その場から動かない。心なしかその表情は晴れ晴れとしていた。

「……みんな、一緒ですわ……最期まで」

ウェンディが、ぐったりとしたリィエルを抱き起こし……ぎゅっと抱きしめる。

「ええ。友達ですものね……」

テレサが、そんなウェンディの傍《そば》に寄り添う。

「……ごめんね、リィエル……貴女を助けてあげられなくて……」

リンが涙を目尻に浮かべて、リィエルの髪や頬を撫《な》でる……

「はは……バカだなぁ、お前ら」

カッシュがそんな学友達の様子に、思わず小さな笑いを零した。

「先生なら、絶対諦めねえで立ち向かうとこだけど……さすがに、ちょっとコレは……俺達には荷が重すぎるよなぁ？」

「……そうだな。でもまぁ、僕達にしてはよくやった方じゃないか？」

「そうだね……みんな、精一杯、頑張った。先生も褒めてくれると思うよ」

「ええ、そうですわね……うん、きっと、あの人ならそう……」

そんな風に、一時穏やかな雰囲気に包まれるカッシュ達へ。

「はぁ……全然、理解できないや」

エリエーテは、どこかうんざりしたように吐き捨てる。

「キミ達は……本当に、リィエルをサビさせている〝余分〟なんだね」

なんの感慨もなく。

なんの感情もなく。

エリエーテは、ゆっくりと剣を振り上げて──

その剣先に、彼女だけの光──黄昏《たそがれ》色の光を漲《みなぎ》らせて。

穏やかに笑い合う生徒達《たち》を、この世界から肉の一片、髪の毛一本たりとも残さないとばかりに、全身全霊をその光に込めて。

エリエーテは、容赦なく剣を振り下ろした――

～～～。

～～～。

それは……わたしが見ていた夢だ。

ひめは、わたしに、こう言った。

〝余分〟を削ぎ落とせ、と。

そうしなきゃ、ボクに……エリエーテに勝つことはできない、と。

「わたしは……グレンの剣」

そこは――教室だ。

アルザーノ帝国魔術学院二年次生二組の教室。

グレンがいて。

ルミアがいて。

システィーナがいて。

クラスのみんながいる。

なんかグレンが、システィーナに怒られていて、みんながそれを見て笑っていて。

そんな、なんでもない、いつもの光景が、そこにある。

そんな、わたしの心の中の世界の真ん中で。

わたしは、こう言った。

「グレンはわたしのすべて。わたしはグレンのために生きると決めた……グレンの大切なものを守れるなら、わたしは――……」

そう言って。

わたしは手にした剣を、彼らに向かって振り上げる。

ひめから手渡された剣を、彼らに向かって振り上げる。

話は簡単だ。

その場にある、全ての人を、モノを斬り捨てればいいだけの話。

そこにあるモノは、全て、わたしが一振りの〝剣〟であることを妨げる〝余分〟。

ならば、それを斬って、綺麗《きれい》に削ぎ落とせば、わたしは完成する。

もう二度と……みんなに対して何も感じなくなる……名前すらも思い出せなくなるかもしれないけれど。

わたしの心の中に住むみんなを、破壊すれば。忘れてしまえば。

そうすれば……わたしは強くなれる。

ひめの言う通り、わたしという〝剣〟は完成する。

わたしの剣先に広がる金色の剣閃《けんせん》──【孤独の黄昏《トワイライト・ソリチュード》】。

それは、もっともっと、強く光り輝くことになるのだろう。

今までとは比べ物にならないほど、強い剣ができあがるのだろう。

きっと、そうなる。間違いない。

それは、魂や本能が直感する確信だ。

だけど──

「わたし、は……」

しばらくの間。

わたしは、剣を振り上げたまま……そのままピタリと止まっていて。

「…………」

やがて。

みんなを見つめたまま、ゆっくりと剣を……下げる。

そして、剣をざくりと地面に突き立て手を離し、みんなから背を向けるのであった。

「……どうしたんだい？　リィエル」

そんなわたしを見守っていたひめが、訝《いぶか》しげにわたしに問いかけてくる。

ひめへ、わたしは答えた。

「斬らない」

「！」

「わたしは……みんなを斬らない」

そう決意した途端、わたしの喉奥からは、普段からは信じられないほど、次々と言葉が溢《あふ》れ出《で》てくる。

「斬れるわけない……わたしはみんなを守りたいから強くなりたいのに……みんなと一緒にいたいから守るのに！

なのに、なんで強くなったら、みんなを失わなきゃ駄目なの!?　そんなの嫌だ！　そんなことしないと手に入らない剣なんて……わたしはいらないッ！」

「リィエル……ッ！」

そんなわたしに、ひめが必死に訴えかけてくる。

「でも……それじゃキミは、あのボクには……エリエーテには勝てない！　キミは殺される！　みんなも殺されてしまう！　キミはそれでいいのかい!?」

「…………」

「わかるよ、大事な人達なんだろう？　でも、キミがエリエーテに勝てなければ、みんな、死んじゃうんだ。だったら、仕方ないじゃないか……」

悲しいことだけど……辛《つら》いことだけど……せめて、みんなだけは守るために……キミはみんなを捨て、みんなを護《まも》るただ一振りの剣になるべき……そうは思わないのかい？」

「……少し、そう思った」

わたしは、慎重に心の形を教えるように、言葉を選ぶ。

「わたしがわたしでなくなることで、みんなを守れるなら……それでもいいかと、ほんの少しだけ思った。

でも……駄目。そんなことをしたら、きっと、グレンは怒る」

「……グレン先生？」

「グレンなら、そんなことはしない。自分も、みんなも笑っていられる方法を、一生懸命考える。わたしは……そんなグレンのことを、ずっとスゴイと思ってた」

「…………」

「それに……もし、わたしがみんなを切り捨てて、あの金色の剣を強くしても……多分、あのエリエーテには勝てない、と思う」

「えっ？」

そんなわたしの言葉に、ひめは目を瞬《しばた》かせた。

「どうして……そう思うんだい？」

「だって」

なんで、ひめはこんな簡単なことがわからないんだろう？

首を傾《かし》げながら、わたしはひめへ言った。

「えーと、その……【孤独《トワイ》の――なんだっけ？　それ、エリエーテの剣だから」

「!?」

「わたしが真似《まね》しても……多分、あそこまで強くならない気がする……勘だけど」

そんなわたしの言葉に。

「…………」

ひめは、しばらくの間、呆気《あっけ》に取《と》られた顔をしていて。

やがて、納得したように息を吐《つ》き……薄く微笑《ほほえ》んだ。

「そうだね……多分、キミは正しい。

アレは……ボクの……エリエーテの唯一無二の剣だったんだ。

ボク達とキミは違う。霊魂の一部を共有しているだけで……まったく違う人生を歩み続けてきた、別の存在だったんだ。

キミは〝エリエーテ〟じゃない……〝リィエル〟だったんだ。

どうして、こんな簡単なことに気付かなかったんだろう……ごめんよ、リィエル……ボクは、もう少しでキミに取り返しのつかないことをさせようと……」

「別にいい。だって、ひめ、わたしを心配してくれただけだから」

俯《うつむ》いて落ち込むひめの頭を、ぽんぽんと撫でる。

グレンが、わたしにずっとそうしてくれたように。

「でも、リィエル……実際、どうするんだい？　ボクは……〝エリエーテ〟は強いよ？

今のキミじゃ、彼女に勝つことなんて……できない」

「わかってる。だから……わたしは……わたしは、わたしだけの光を探す」

わたしは大剣を錬成した。

「わたしは……みんなを守る。そのために剣を振るう。それが、余分だと言われても……わたしは構わない。わたしは守るために剣を振るう。生きる」

わたしがそう決意した、その時だった。

『ああ。リィエル……それでいい……それでいいんだ……』

『……頑張って、リィエル……私達の希望……』

『どうか、僕達の分まで、幸せな道を……』

「……ッ!?」

視界の端に、赤い髪の男の人と、同じく赤い髪の女の人がいた……気がした。

わたしに穏やかに微笑みかけていた……気がした。

振り返る。もういない。

でも、今、そこにいたのは、確かに――……

「……シオン……？　イルシア……？」

そして。

ひめは、そんなわたしを見て言った。

「わかった。あるいは……キミなら、できるのかもしれない」

「ん？　何を？」

「ぶっちゃけ、剣ってさ……究極的には〝人を殺すための道具〟だよね？　どう好意的に取り繕っても、その存在本質は変わりようがない。

だから、誰かを守る……そういった想《おも》いが〝余分〟になる。あくまで、それは剣の使い手の都合であって、剣そのものの存在本質には何も関係ないから」

「…………」

「だから、かつてのボクは諦めた。剣を極めるためには、〝余分〟を削《そ》ぎ落とすしかないと考え、一振りの剣になろうとした。まぁ、それも生前のボクは中途半端《ちゅうとはんぱ》だったけど」

「…………」

「でもさ……天に至る道は一つじゃないと思う。何かを守るために振るう剣先にも、光は広がっているのかもしれない。道を選び歩むのは人の強き意志。

そして――ボク達《たち》は剣じゃない。道具じゃない。人間なのだから――」

そう言って。

ひめは、わたしが地面に突き立てた剣を手に取った。

「リィエル。ボクがキミを手伝うよ。誰かを守りたい、みんなを守りたい……守るために振るう、剣にあるまじき剣。守るという人の意思そのものの〝光〟。キミがキミだけの〝光〟を見出《みいだ》す手伝いを、ボクにさせてほしい。ギリギリまで……ボクが、ここでキミに稽古をつけてあげる」

ひめが……わたしに向かって剣を構えた。

気付けば……周りの風景は、あの黄昏《たそがれ》の浜辺に戻っていた。

寂しげな黄金が染め上げる、孤独の世界だ。

「はっきり言って……キミの選ぶ道は厳しいと思う。そんな〝光〟が、本当にあるのかどうかわからない。キミだけの〝光〟を見出したとして……それがエリエーテの光に通じるかどうかわからない……キミは死んでしまうかもしれない」

「それでも」

わたしも、大剣をひめに向かって構えた。

「わたしは、わたしだけの〝光〟を探す」

そんなわたしの言葉に。

ひめは、くすりと笑って。

「行くよ？」

「ん」

わたしとひめは、剣を交え始める。

心の中の世界で、ひたすら自分だけの光を探すことに、〝没頭〟し始めるのであった。

そして――

～～～。

キィイイイイイイイイイイイイイイィンッ！

世界を焼き尽くす金色の光が、カッシュ達を消し飛ばそうとしていた、まさにその時。

盛大な金属音が、まるで世界の果てまで届けとばかりに反響する。

「な……」

「……嘘《うそ》……」

その場の誰もが目を剝《む》いた。

「ぜぇ……はぁ……ぜぇ……ッ！　ごほっ……けほっ……」

いつの間にか……リィエルが立ち上がっていた。

カッシュ達を守るように立ち、大剣を振り抜いている。

今にも死にそうなその身体《からだ》で、全身から鮮血をまき散らしながら、リィエルが叫ぶ。

「やらせない……ッ！　みんなは死なせない……ッ！　守る……ッ！　わたしが……みんなを……守る……ッ！　みんな……わたしの大好きな人だから……ッ！」

「り、リィエル……」

「お前……」

「リィエル……まだ、戦うのですか……？　わたくし達のために……？」

「もう、いいから……リィエル……もう、いいから……お願い……」

カッシュ達が涙を流しながら、そんなリィエルの小さな背中を見つめる。

対し、エリエーテはどこまでも冷めた顔だ。

「だから……それが〝余分〟なんだってば」

「……………」

「そんな〝余分〟を脂肪みたいに全身に抱えて、剣になりきれないから、キミは弱い……ボクに遠く及ばないんだよ？」

「……………」

「今からでも遅くない。その後ろの〝余分〟を斬って捨てなよ。そうすれば、キミはきっと強くなれる……それまで待っててあげ――」

「黙ってッッッ！」

リィエルが語気強く叫んだ。

「何度も言った！　そんなのいらない！　わたしは剣にはならない！　わたしはリィエル＝レイフォード……みんなを守るために戦う人間だッッッ！」

「処置なしだね。心底、失望したよ……」

ため息を吐いて。

エリエーテが、剣の先に金色の光を漲《みなぎ》らせていく。

彼女とリィエル以外の者に、その光は見えないが――濃厚極まりない死の気配だけは、カッシュ達を魂の底から打ちのめしていく――

「もう終わりにしよう。キミをその〝余分〟ごと、消し飛ばしてあげる」

「……ッ！」

ぎりぎり……と、リィエルが震えながら大剣を振り上げる。

同じく金色の剣閃《けんせん》で、エリエーテの光を迎撃しようとしているのだろうが……

「哀《かな》しいかな。キミの剣先には、もうなんの光もないよ？」

淡々と告げる、エリエーテの話など聞かず……

「守る……守る……わたしは守る……みんなを……守る……」

ブツブツと。

リィエルは朦朧《もうろう》とする意識の中で、まるで壊れた蓄音機のように繰り返している。

「これが……仮にも、ボクの領域に手が届きかけたほどの剣士の末路かぁ」

エリエーテにとっては、今のリィエルはもう見るに堪えなかった。

「仕方ない。……さようなら、リィエル」

そう宣告して。

エリエーテは、剣を無造作に振り下ろした。

その剣先から、圧倒的な光が放たれ――今度こそ、リィエルとその背後のカッシュ達を呑《の》み込んでいく。

彼女達を、跡形もなく消し飛ばしていく――

(今度こそ、終わりだよ、リィエル)

金色の光に染まっていく世界の中で。

エリエーテがそんなことを思った……その時だった。

ふと、違和感に気付いた。

（……今度こそ？　……今度こそってなんだ？）
なんで、この土壇場《どたんば》で、そんなあり得ない単語が出てくるのか？
（そういえば、さっきのボクの一撃……なんで、リィエルは防げたんだろう？
だって、リィエルはすでに【孤独の黄昏《トワイライト・ソリチュード》】を失っていた。まだ少しだけ残っていた
としても……とても、あのボクの光を防げるレベルじゃない。
なのに──なぜ？　防げた？　一体、なぜ──？）
そんなことに、エリエーテが思い至った──次の瞬間だった。
世界を染め上げる金色の光を──一条の銀色の光が、縦に斬り裂いた。
斬り裂かれた金色の光は、そのまま四散し、呆気《あっけ》なく消える。
「────ッ⁉」
予想外の事態に硬直するエリエーテ。
「かはっ！　げほっ！　ごほごほ──ッ！」
彼女の目の前には、リィエル。
すでに、足の踏ん張りがまるで利いてないらしい。

リィエルは大剣を振り抜いたまま、前によろめき片膝をついてしまっている。

だが──血反吐《ちへど》を吐きながら、リィエルが……よろよろと立ち上がる。

カタカタと剣先を振るわせながら……大剣を再び構える。

「！」

その時……エリエーテは、ふと気付いた。

リィエルが構える大剣。

その剣先に……微《かす》かに……弱々しく……それでも、確かに。

小さな、とても小さな光が……灯《とも》っている。

まるで夜明けの黎明《れいめい》を思わせる銀色の光が──確かにある。

それを見た、瞬間。

「〜〜〜〜ッ⁉」

ぞくり。

反射的に猛烈な悪寒《おかん》がエリエーテの全身を駆け上り──その悪寒を消し飛ばそうと、エリエーテがさらなる金色の斬撃を、衝動的に放つ。

「い、や、ぁああ……ッ！」

リィエルが大剣の重さに振り回されるように、大剣を振るった。

その剣先が、美しき銀色の軌跡を描き――

パァン！


やはり、エリエーテの金色の光を斬り裂き、打ち消してしまう。

だが、無理をして剣を振った反動で、リィエルの全身から血が、ばしゃと噴き出す。

それでも――消し飛ぶはずのリィエルは生きている。

再び、エリエーテに向かって大剣を構える。

その剣先に灯る銀色の光は……先ほどより、ほんの少し強くなっていた。

「……何、それ？」

エリエーテが呆然《ほうぜん》として、そんな死に体のリィエルを見つめる。

「今……キミは一体、何をしたんだ……？」

そんなエリエーテの疑問は、カッシュ達も同様だったらしい。

「リィエルちゃん……どうしちまったんだ……？」

「あんな身体でまだ動けるのも脅威的だが……それよりも……」

「ええ、なんか……リィエルの剣先に、変な光が見えません……？」

「うん、小さくて弱々しいけど……とても綺麗《きれい》な銀色の光……」

そんな生徒達《たち》の呟《つぶや》きに、エリエーテが物思う。

（……見えてる？　あのリィエルの光は……ボク達以外の人間にも見えてる？　なら……アレは【孤独の黄昏《トワイライト・ソリチュード》】なんかじゃない……ッ！　じゃあ一体、何……？）

そんな風にエリエーテが動揺し、戸惑っていると。

「……やっと……見えた……」

リィエルが、ぼそりとそんなことを呟いていた。

「み、見えた……？」

「ん……この光を……ずっと……ひめと一緒に探してた……全然、見つからなかったけど……やっと……やっと、見えた……」

リィエルが、エリエーテを見る。

いまいち、焦点が合ってないが、それでもしっかりと見る。

「これは……わたしの光……わたしだけの光……わたしの……生き方……いらないものをただ捨てるだけだった、あなたでは……絶対に到達できない光……」

「……な……」

呆気に取《と》られるエリエーテの前で。

リィエルが、よたよたと大剣を担《かつ》ぐように振り上げて。

「昔のわたしは……なんのために生きるのか……わからなかった……だから、誰かの剣になって生きればいいと思ってた……何も考えなくていいから楽だと思った……でも……それじゃ駄目だと気付いた……だって、この世界には……すごく、あったかいものや、大事なものがあるって……わかったから……もう、剣になりきって……見ないふりなんて……できっこない……ッ！」

「……ッ⁉」

「わたしは……生きる……そんな大事なものを守って……生きる……みんなと一緒に生きる……ッ！　わたしはそのために剣を振るうんだ……ッ！

他に誰もいない、ひとりぼっちの天の頂きなんて……いらない……ッ！

生きるために……ッ！　他の誰でもない……わたし自身のために……ッ！」

――――。

『ああ、それが……キミの生き方なんだね？　リィエル』

心の中のどこかで、ひめは、わたしに言った。

穏やかに見守るように、言った。
『そして、それがキミの目指す剣……キミの〝光〟……』
『わかったよ、キミは……剣士じゃなかった』
『ただの素敵な女の子だったんだ』
『キミは……剣を極めようとするばかりに、大事なものを捨て続けてきたボクとは違う
……人を捨て、剣になりきろうとしたバカなボクなんかとは違う』
『キミは……本当の意味で強いんだ』
『リィエル。キミが目指すその剣と生き方に幸あれ』
『この世界に産声《うぶごえ》をあげた、キミの〝光〟に祝福あれ』
『そして……その〝光〟の名前を、どうかボクから贈らせて欲しい』
『キミも、きっと気に入ってくれると思う』
『それは──……』
──────。
「【絆の黎明《ディブレーク・リンク》】ウウウウウウウウウウウウウウウウウ───ッ！」

リィエルが、全身全霊で振り下ろす大剣から。

まるで夜明けの黎明の如《ごと》き、眩《まばゆ》い銀色の光が放たれ、エリエーテの視界を白く、白く染め上げるのであった──

第五章　混沌《こんとん》の潮目

「い、嫌ぁ⁉　嫌ぁああああああああああああ――ッ⁉」


戦場に、少女の泣き叫ぶ声が響き渡っていた。

そのフェジテの一角は、まさに氷結地獄《コキュートス》とも呼べる有様《ありさま》だった。

地面が、建物が、街路樹が――その一帯にある全てが、白く凍りついている。

空気すら凍《い》てつき、キラキラと輝いて舞い散っている。

そんな、極低温の世界の支配者は、まさにその少女、天の智慧《ちえ》研究会の外道魔術師《冬の女王》グレイシアであるはずだった。

彼女が放つ冷気が、この世界の全てを凍てつかせるはずだった。

だが、その凍てつかせる《冬の女王》が……凍っている。

足の先から血液が完全に凍りつき、足元からビキビキと成長する氷塊の中にゆっくりと閉じ込められている。

そんな彼女の周囲には、無数の宝石を霊点《レイ・スポット》に構築された魔術法陣の結界。

まるで、氷にも似た淡青色の宝石の輝きが、少女が全身から放つ凍気をさらに圧倒的に超える魔凍気となって、少女の身体《からだ》を残酷に蝕《むしば》んでいく——

【天青石結界《セレスタイト・サークル》】。結界内に捉えた相手を、その魔力ごと凍結させる氷縛の結界」

その結界の術者——クリストフは、地面に手をつき、淡々と言った。

「僕が無駄な宝石結界を幾つも張っていると見せかけて……この天青石《セレスタイト》で、君を殺す本命の結界を構築していたことに気付かなかったかい？」

グレイシアが気付かなかったのも無理はない。クリストフが手の内で転がしてみせるその天青石《セレスタイト》は、本当に一見、氷の欠片《かけら》によく似た宝石だったからだ。

こんなにも全てが雪と氷塊で覆われ、凍てついた場所で、その天青石《セレスタイト》を遠目で見分けるのは、もうほぼほぼ不可能に近い。

「確かに、極低温下においてはあらゆるエネルギーと運動が停止する。君の支配領域下では、ほとんどの魔術が無効化されるだろう。君の絶対の自信もそこから来るものだ。

でも、よくよく考えれば、そんな極低温下でも確実に駆動する魔術があるじゃないか。

そう……同じ氷結系の魔術だ」

「あ……ぁ……ぁぁぁぁ……ッ!?」

「……終わりだよ、《冬の女王》グレイシア＝イシーズ。何か対応あるかい？」

「なんで⁉　なんでなんでなんでなんで⁉」

ビキビキと。

際限なく成長する氷塊に閉じ込められながら、グレイシアが泣き叫ぶ。

「だって！　冷気の魔術は、私の得意技なんだよ⁉　私より冷気を上手に扱える魔術師なんて、この世にいるわけない！　なのに、なんで⁉　なんで、私が冷気の魔術で負けるの⁉　嘘《うそ》よ！　こんなの嘘だよぉおおおおおおお──ッ⁉」

最早《もはや》、キャラを取り繕うことも忘れたのか。

グレイシアはすっかり余裕をなくし、ただただ無様に取り乱すしかない。

「簡単な話さ。今の君より、僕の方が強いから。それだけだ」

最早、勝負は決した、と立ち上がって。

クリストフは、冷気から肺を守るために口元に巻いていたマフラーを下げた。

「そ、そんな……そんなぁ……ッ⁉」

「少しはわかったかい？　君が今まで悪戯《いたずら》に凍らせてきた罪もない人達の気持ちが」

「ぁ、ぁあああああ──ッ⁉　い、嫌ぁ！　寒い！　冷たい！　身体が動かない……手が動かないよぉ⁉　血が、血が凍って……ッ⁉　助けて！　助けてぇ⁉」

「悪いけど、僕は忙しい。これ以上、君のようなクズに構っている暇がないんだ。……じゃあね。来世はもっと人に温かく接する人間に生まれてくるといい」

魔術師らしい冷酷さで、クリストフがそう一方的に告げ、踵《きびす》を返《かえ》す。

「……ぁ……」

ピキィン……まるで澄んだ金属音のような音と共に。

グレイシアは、巨大な氷塊の中に完全に閉じ込められてしまうのであった。

乱反射で煌《きら》めく氷塊の中に閉じ込められた美しい少女の姿は、一種、背徳的な美と芸術性がある……その表情が絶望と苦悶《くもん》に歪《ゆが》んでさえいなければ。

「……とはいえ想定より手こずってしまった。僕もまだまだだね」

その作品を生み出した恐るべき芸術家は、そんな作品には見向きもせず、次なる戦場を探して、その場から駆け出すのであった——

——。

「ほれほれほれほれほれほれほれほれぇええええええええ——ッ⁉」

「ぬぅうううううう⁉」

両拳に爆炎を漲《みなぎ》らせたバーナードが、ゼトへ猛然と殴りかかる。

拳と拳が激突する都度、激しい爆炎が炸裂《さくれつ》し、衝撃波が周囲へとまき散らされる。

そして――ゼトの身体が泳ぎ、後退を余儀なくさせる。

「ほりゃあああああああ――っ！」

一歩、大きく踏み込み――バーナードがさらにゼトへ拳を撃ち込む。

たまらずゼトは腕を十字に交差させて、それを受ける。

衝撃音。

「ぐぬぅわぁあああああああああああああああああ――ッ!?」

そのガードごと、ゼトが吹き飛ばされる。

その全身が爆炎で燃え上がりながら、派手に転がっていく。

「ば、馬鹿な……馬鹿なぁああ……!?　なぜだ!?　なぜ、この我が……ッ!?　ここまで手も足も出ないのだ……ッ!?」

信じられなかった。

到底、信じることなどできなかった。

何か、イカサマや小細工で翻弄されるのは、まだわかる。

元々、バーナードは、そういう老獪《ろうかい》さを売りとする魔導士だからだ。

だが――この戦いが始まってからこっち、バーナードはそういう小細工をまったくしていない。マスケット銃、鋼糸、小癪《こしゃく》な魔道具の数々、騙《だま》し討ちのような搦《から》め手……そういう類いのものを一切使用してこない。

つまり、正真正銘真っ向勝負で、ゼトはここまでバーナードに押されているのだ。

「そんなはずは……そんなはずはない……この我が……この我がぁ……ッ⁉」

屈辱に震えるゼトへ、バーナードがコキコキ首を鳴らしながら言った。

「ったく、何が求道者じゃい。やっぱ、お主はわしの見立て通りじゃよ。お主はただ、自分より弱い者を嬲《なぶ》って悦に浸る、武人ぶったクズじゃ」

「なぁ……ッ⁉」

「その証拠に、お主の技……以前、やり合った時と比べて、なぁんも変わっとらん。さすがに同じ手が二度通用するほど、わしら魔術師の世界は甘くないぜよ？」

そんなバーナードの煽《あお》るような指摘に、ゼトが絶句する。

「その点、わしは偉いぞ？　往年のキレを取り戻すべく、柄にもなく修行しなおしちゃったりしてたからのう？　お陰で〝一生懸命な姿がステキ♪〟とか、若い女性士官達《たち》にモテにモテちゃったりして一石二鳥じゃったわい、ギャワハハハハハハハ──ッ！」

「おのれ……おのれ、おのれぇえええええええええええええええ──っ！」

　小馬鹿にするようなバーナードに、ゼトが怒りを燃え上がらせる。

　そして、そんなゼトに向かって、バーナードが悠然と拳を構える。

「ほれ？　悔しかったら、かかってこんかい？　次は真っ向勝負じゃ！」

　そう宣言して。

　バーナードが、右拳に壮絶なる爆炎を高め始める。

　それは今までとは次元の違う魔力の高ぶりだ。

　恐らく、次に来るのは、今のバーナードが為《な》せる最大最強の一撃なのだろう──

「いいだろう！　受けて立ってやるッ！　我の真の本気を見せてやる……ッ！」

　そう言って。

　ゼトも右拳に、壮絶なる電撃を高め始める。

　その場に激しくわだかまる爆炎と電撃に、空間が悲鳴を上げる。

　そして、両者の魔力は際限なく、高まって、高まって、高まって──

　そして──

「うおおおおおおおおおおおおおおおおおおおおおおお――ッ！」

ゼトが――駆けた。

バーナードを目指し、剛速一直線に駆けた。

最早、その突撃は重機関車だ。

触れるあらゆる物を、砕き散らして吹き飛ばす、物理力の暴威だ。

そして――身構えるバーナードとの間合いを一瞬で消し飛ばし、ゼトが拳を繰り出す。

怒りと全霊を乗せたそのゼトの一撃は――確かにバーナードの力を遥《はる》かに超えていた。

往年の技のキレを取り戻したとしても、バーナードは老境。

その威力までが、完全に元に戻ったわけではない。

ゆえに、技さえ繰り出せば――捉えてしまえば、そのまま押し切れる、勝てる――

ゼトはその時、そう確信して。

右の拳をバーナードの顔面へと繰り出して、己が勝利を確信して――

次の瞬間、その全てを打ち砕かれた。

「な……？」

ぐん、と。ゼトの身体が、何かに引っ張られるように止まった。

ずっ、と。あと僅かでバーナードに届いたゼトの右腕が、何かに切断されて落ちた。

気付けば。

ゼトの周囲には、蜘蛛《くも》の巣《す》のように張り巡らされた鋼糸の結界。

ゼトの身体は、いつの間にかその無数の鋼糸で雁字《がんじ》搦《がら》めに捕らわれ、完全にその動きを封じ込められてしまっていたのである。

「な、……な、なぁ……ッ⁉」

予想外の事態に硬直するゼトへ。

「ぶぁ～～～～～か」

バーナードが、ゼトへ顔を近付けてアカンベし、小馬鹿にするように言った。

「若いお前さんと真っ向勝負なんて、そんな分の悪い賭け、この老いぼれのわしがするわけないじゃろうが？　ぷっくくっくっ！」

「き、きさ、きさ、貴様ぁあああああああああああ――ッ⁉」

ゼトが激昂《げきこう》するが、もう遅い。

ゼトの全身を搦め捕る鋼糸には、いかなる魔術的な仕掛けがしてあるのかは不明だが、ゼトの身体《からだ》は、まるで麻痺《まひ》でもしたかのようにまったく動かない。

そして、そんな狼狽《うろた》えるゼトの鼻先へ。

バーナードは悠然と、凍結解凍したマスケット銃を取り出し……ぐるんと一回転させてその銃口をゼトの眉間へと突きつける。

「さて……お主のように、同じ手に二度引っかかる魔術師を、この界隈《かいわい》でなんというか知ってるかの？」

「ま、待てっ！　待ってくれ……ッ！」

「〝間抜け〟っていうんじゃよ」

「う、ぅおお――ッ⁉」

銃声《どん》っ！

ゼトの悔しさと絶望の入り交じった叫びが、火薬の炸裂音とアンサンブルするのであった――

──────。

「よう、クリ坊！」

「バーナードさん⁉」

戦いの喧噪《けんそう》と混乱が支配するフェジテを駆けるクリストフの隣に、不意に空から舞い降りてきたバーナードが着地し、そのまま並走する。

「ご無事でしたか！　どうやら《咆哮《ほうこう》》のゼトは倒せたようですね⁉」

「おうよ！　わしがあんな若造に遅れを取るわけ……はい、見栄張《みえは》りました！　結構、しんどかったです！　見かけほど楽勝じゃなかったわい！　腰、痛い！」

「あははは。まぁ、ゼトは現・天の智慧《ちえ》研究会、有数の実力者ですから」

「ったく、ホント、マジで歳《とし》は取りたくないわい！　それと、お主も無事なところを見ると、《冬の女王》グレイシアを落としたようだの！」

「ええ。さすがに手こずらされましたが」

「よいよい、大戦果じゃ、大戦果！　これで、帝国軍側《こっち》が相当優勢になったぞ！」

なにせ、ゼトとグレイシアは、エレノア、エリエーテ、パウエルら三強を除けば、戦闘能力的な意味では最強クラスの戦力だ。

　この二人を、一対一で被害最小限で撃破できたのは、とてつもなく大きい。

「ええ、今、索敵結界で周囲の状況を把握中ですが……外道魔術師達との市内戦は、徐々にではありますが、こちら側の流れになってきています。

　第一室のクロウ千騎長やベア十騎長、特務分室の新人執行官《運命の輪》のエルザさんを中心に、かなりの戦果が上がっています。

　フェジテ警邏庁《けいら》の警備官達の奮戦や、一部の有志の一般市民の加勢もあって、その分の帝国軍戦力を他に回すことができたのが、ほんの微《かす》かですが効いたようですね」

「そうか。ギリギリの状況なら、木の葉一枚でも天秤《てんびん》は傾く時は傾くからのう」

「はい。このままいけば敵外道魔術師を全て撃破するのも、不可能ではありません」

　だが、クリストフは難しそうに眉根を寄せる。

「だけど、問題は……このフェジテ都市内に城壁を越えて侵入する《最後の鍵兵団《ウルティムス・クラーウイス》》の死者の数が、徐々に増えているということ。そして……」

「敵の三大戦力――エレノア＝シャーレット、エリエーテ＝ヘイヴン、パウエル＝フューネ……じゃな？」

「ええ、結局のところ、敵外道魔術師との都市戦も《最後の鍵軍団《ウルティムス・クラーウイス》》との城壁攻防も、このオマケです。この三名を始末しない限り、盤面は容易にひっくり返されるでしょう」

「で？　今、どうなっとる？　さすがに戦いに夢中で把握してきておらんわい」

「待ってください、今──」

クリストフが、さらに索敵結界でフェジテ内の情報を探ろうとした……その時だった。


どっ！


フェジテの中心部の方で、凄《すさ》まじい炎が天を衝《つ》かんばかりに上がる光景が、二人の目に飛び込んできた。

「……ッ⁉　あ、あの炎は……イヴさんの……ッ⁉」

「急ぐぞ、クリ坊。どうやら、あっちは佳境のようじゃわい」

そう頷《うなず》き合って。

クリストフとバーナードは、中央の方へと向かうのであった──

──。

それはまさに──現代に蘇《よみがえ》る神話の大戦だった。

ただの一人の人間が、絶大なる悪魔の大群と、邪悪なる混沌《こんとん》そのものへ立ち向かう、誰も知らない英雄譚《たん》だった。

駆ける。

アルベルトが駆ける。

廃都を一直線に、一心不乱に駆ける。

ただ、己が打倒するべき最大最強の敵――パウエルを目指して。

ただ、ひたすらに、真《ま》っ直《す》ぐ駆ける。

そんなアルベルトを前に、パウエルが指輪を嵌《は》めた左手を動かし、瞬時に無数の悪魔召喚門を虚空《こくう》に描く。

悍《おぞ》ましき黒き魔力の胎動。

深淵《しんえん》の底から炸裂《さくれつ》する、悪意の産声《うぶごえ》。

門が開く、開く、開く、開く、開く、開く、開く――

地獄の悪魔達《たち》が――この世界に奔流する。

666の悪魔軍団。様々な絶望概念から産み落とされる、悍ましき姿形を取る大悪魔達が、アルベルトの前に洪水の如《ごと》く押し寄せる。

アルベルトを食いちぎり、その魂を地獄の底へ引《ひ》き摺《ず》り込もうと、殺意を悪意を剝《む》き出《だ》しに、怒濤《どとう》のように襲いかかる。

さらには、暗黒そのものたるパウエルから展開される無限の混沌。

それが、ありとあらゆる害意ある形を成し、アルベルトへ怒濤のように牙を剝く──

「──ッ！」

悪魔の大軍勢と無限の混沌。

それらと接敵したアルベルトの〝右眼《みぎめ》〟が、金色に激しく燃え上がった。

アルベルトが駆けながら──全身全霊の魔力を燃やす。

落とす壮絶な稲妻が、空飛ぶ悍ましき鳥の悪魔を撃ち落とす。

放つ左拳が、髑髏《どくろ》の騎士の悪魔の頭蓋を粉砕する。

叩《たた》き付《つ》ける凍気が、伸ばされる混沌の腕を、混沌の双牙を、混沌の獣を凍《い》てつかせる。

巻き起こす紅蓮《ぐれん》の火炎が、地を蠢《うごめ》く食人植物の悪魔を炎上させる。

それを跳躍で飛び越え、放つ旋風の蹴りが、空飛ぶ蟲《むし》の悪魔を両断する。

着地──と、当時に地面に魔術法陣を展開、法陣上の混沌の大海を、聖なる光の柱で消滅させる。

廃都の朽ちかけた建物の壁を足場に走り──

そんなアルベルトへ殺到する、狼《おおかみ》、獅子《しし》、雄牛の悪魔。

流星雨のように降り注ぐ、混沌の杭《くい》、杭、杭。

アルベルトが矢継ぎ早に呪文を唱え、左手から放つ極太の収束雷撃砲が、それらをまとめて消し飛ばす。

混沌で形作られた刃《やいば》が、鋭い真空刃を巻き起こす。

多面の人型悪魔が、魔界の瘴気《しょうき》をまき散らす。

真空刃がアルベルトを刻み、瘴気がアルベルトの身体を蝕《むしば》む。

構わず、アルベルトが左手から放つ七閃《しちせん》の雷槍《らいそう》が、空間を縦横無尽に駆け巡り、刃の混沌と多面の悪魔を串刺しにして吹き飛ばす。

激震する世界。

咆哮する世界。

明滅する世界。

神話の戦いの再現に、世界が哭《な》き叫ぶ。

だが、構わず。

さらにアルベルトが駆ける。前へ。前へ。前へ――

邁進《まいしん》する。前へ。前へ。前へ――

さらに悪魔達がアルベルトの行く手を阻《はば》む。前に。前に。前に――

「ぉおおおおおおおおお────ッ！」

「ほっほっほっ！　やりますなぁ！」

アルベルトが、パウエルへ向かって駆けるが。

パウエルはそれを上回る悪魔達を召喚し、そんなアルベルトを阻む。

混沌の星までをも落とす──

さすがのアルベルトも、これだけの大攻勢を相手に無傷ではいられない。

黒馬に乗った騎士の悪魔の騎馬槍が、アルベルトの脇腹を突き刺す。

炎の魔人の悪魔が吐いた地獄の炎が、アルベルトを焦がす。

六本の腕を持つ筋骨隆々の巨人の悪魔が、六本の大剣をアルベルトへ叩き付ける。

巨大な狼の悪魔が、アルベルトの右腕に牙を立てる。

爆砕する混沌の星の瞬《またた》きが、アルベルトを打ちのめす。

だが──

「う、ぉ、ぁああああああああああああああ────ッ！」

その都度、アルベルトが激しく〝右眼〟を燃焼させる。

振るう稲妻の嵐で、行く手を阻むものを片端から蹴散らしていく。

吹き飛ばす、引き千切る、薙《な》ぎ倒す、引き裂く。

その戦いぶりは、修羅か鬼神。

最早《もはや》、どちらが悪魔かわかったものではない。

退《ひ》かず、臆さず、怯《おび》えず。

ただ、前を向いて。

真っ直ぐ、真っ直ぐ、彼方《かなた》のパウエルを見据えて──前へ。前へ。

ひたすら、前へ──

「ほうほう、頑張りますなぁ、アベル」

パウエルは、そんなアルベルトを楽しげに眺めながら、まるで戯《たわむ》れのように、次々と追加の悪魔を召喚し、数々の混沌をまき散らしていく。

「パウエル……ッ！　パウエルゥウウウウウ──ッ！」

アルベルトが魔力を振り絞って、爆炎を放ち──追加の攻撃を押し返す。

だが──パウエルが遠い。

果てしなく遠い。

アルベルトの〝右眼〟の特性で誤魔化しているが、本来、パウエルが召喚する悪魔達はそれぞれが単騎で街一つ滅ぼせるほどの上級概念存在なのだ。

それに、パウエルが放つ何気ない混沌一つとて、〝理解〟するのに、脳が焼き切れそうなほどの負荷を要求される。

それだけのものを、これだけ矢継早に繰り出されては、到底、パウエルの下には辿《たど》り着《つ》けない。

ましてや——アルベルトがすでに倒した悪魔も、パウエルは再召喚してくるのだ。

当然だ。

悪魔とは概念存在、《意識の帳《とばり》》の向こう側に〝本体〟を持つ。悪魔召喚術とは、その〝本体〟の〝分霊〟をこの世界に、魔力で受肉させる術に過ぎない。

つまり、己が契約した悪魔は魔力が続く限り、無限に召喚できる。

そして——パウエルの魔力は無限。

さらに——パウエルが内包する混沌もまた無限。

それすなわち——彼我の距離は無限大だ。

「ははは！　アベル、貴方《あなた》の狙いはわかりますよ？」

パウエルは攻撃を続けながら、勝ち誇ったように言った。

「貴方の〝右眼〟……その人の刃の力なら、私を滅ぼすことも可能やもしれません……ええ、私という存在の本質を、真に〝理解〟することができたのであれば」

「……ッ！」

「ですが、私を〝視《み》て〟、〝理解〟するなど、並大抵のことじゃありません。

そんなことをすれば、貴方が廃人と化す方が先だと思いますが……それでも、貴方は唯一私が認めた人間。万が一があり得るかもしれません」

「…………ッ！」

「ゆえに、貴方が私を〝視る〟暇など与えませんよ。貴方はここで終わるのです」

パウエルが、再び虚空に壮絶なる門を開く。

今度出現した悪魔は──

──悪意と悪趣味の具現。

《葬姫》アリシャールが──しかも、三体。

「……貴様……ッ⁉」

憤怒《ふんぬ》を燃え上がらせるアルベルトへ。

三体の《葬姫》が、紅と蒼《あお》の双魔槍《そうまそう》を振りかざし、一斉にアルベルトへ迫ってくる──

さすがに《六魔王》の一柱を、三体同時に相手するのは骨らしく、アルベルトがついに足を止め、迫り来る三体の《葬姫》と、稲妻と槍撃の応酬を展開する。

激突、激突、激突、炸裂──

天地開闢《てんちかいびゃく》を思わせる爆光と衝撃が、廃都中を上下に震わせ、鳴動させる──

《葬姫》達の槍《やり》が、アルベルトの肩を、足を、腕を貫通する。

上がる鮮血。

アルベルトはそれをへし折り、砕き、そして、腕を振り上げ──

──と。

そんな風に獅子奮迅するアルベルトの姿を。

ルナは……後方で膝をついて座り込み、呆然《ほうぜん》と見つめていた。

「……どうして……？」

その時、ルナの心の中を支配していたのは、闇よりも昏《くら》く深い絶望と……ただ、一つの疑問だった。

ルナの虚《うつ》ろな目は、ただひたすらアルベルトの傷ついた背中を見つめ続ける。

悪魔や混沌による攻撃は概念的なものだ。肉体よりも魂に直接ダメージが入る。

あの奇妙な〝右眼〟で、それを軽減しているのかもしれないが……それにしたって、あれほどの負傷だ。限度というものがある。

多分、あのアルベルトという男は——この戦いが終わったら、死ぬのだろう。

だが、そんな心底どうでも良《い》いことよりも。

奇妙な疑問が、ルナを支配していたのだ。

「どうして……そこまで……戦えるの……？」

ルナは、全身全霊で戦うアルベルトの姿を目で追いながら、疑問を零《こぼ》していく。

「……だって……どう考えても、勝てるわけないじゃない……力の差がありすぎる……復《ふく》讐《しゅう》なんて……考えるのもおこがましくなるくらいに……」

アルベルトが、姉の姿をした悪魔の一体を、至近からの収束雷撃砲で吹き飛ばす。

「ただでさえ、力の差がありすぎるのに……相手は最愛の存在まで召喚してきて……」

アルベルトが、姉の姿をした悪魔の一体の胸部に貫手を突き刺し、貫通させる。

「なんで……なんで戦えるの……？　無理に決まってる……ッ！　もう復讐なんて……そんなの無理に決まってるのに……ッ！」

アルベルトが、姉の姿をした悪魔の最後の一体を、爆炎で燃やし尽くす。

消滅しつつある姉達《たち》の残骸には目もくれず。

アルベルトは再び、前へ。前へ。前へ——

当然、再び悪魔や混沌《こんとん》達が、密集陣形でアルベルトへ殺到してきて——

「なんでなのよ……ッ⁉」

最早、厳然と立ち向かうアルベルトの姿を見ていられず。居たたまれず。

ルナは頭を抱えて蹲《うずくま》るしかなかった。

確かに、ルナの心は激しい復讐心に支配されていた。

燃え上がる復讐の炎はその身を激しく焦がし、復讐果たすべし、仇《あだ》討つべしと、ルナの心を急《せ》き立《た》てていた。

相手が誰であろうと、何者だろうと、最早、自分の歩みを止めることなどできない……

そう思っていた。

たとえ、この命を燃やし尽くしても、悪魔や悪鬼に成り果てようとも復讐を果たす、パウエルを討つ……そう身命に誓っていた。

その誓いのまま、この残骸の身体《からだ》を動かしてきたのだ。

だが——結果はコレだ。

ルナの心は……完全に折れた。

想像を絶する敵の強大さに。愛する者の無惨《むざん》な姿に。

ルナの復讐心の全てを呑《の》み込んであまりある、底の見えない邪悪と悪意に。

ルナの心は、完全に呑み込まれてしまったのである。

今のルナは、パウエルに対して、最早怒りの欠片《かけら》一つ湧いてこない。

ただ、運が悪かった。

こんな、絶対的で絶望的なやつと関わってしまった、自分が蒙昧《もうまい》だった。

そんな風に……全てを諦めるしかなかったのである。

だというのに──


「ちぃ──ッ！」


アルベルトは……あの〝人間〟は、戦い続ける。

あの奇妙な〝右眼《みぎめ》〟があるからといっても、肉体的には天使である自分より、ずっと脆《もろ》いはずだ。弱いはずだ。

だが、あれだけの強敵を前に、絶望を前に、深淵《しんえん》を前に。

アルベルトは臆さず、退かず、前だけを向いて──戦い続ける。

その戦いの果ての先にあるのが、恐らく自身の死であるだろうことも理解して。

アルベルトは──愚直なまでに戦い続けている。

「なんで……なんでよ……？」

天使のくせに弱くて、無様な自分と。

人間のくせに強くて、どこか眩《まぶ》しいあの男と。

一体、何がそこまで違うのか？

あの男のパウエルに対する復讐心は、それほどまでに強いというのか？

自分のチェイスに対する想《おも》いは……あの男の姉に対する想いより、劣るというのか。弱いというのか、偽物《にせもの》だというのか。だからこんな差になるのか。

最後に残ったこの想いさえ否定されてしまったら……自分《ルナ》という存在は、本当になんだったんだろうか？　その生になんの意味があったのだろうか？

「……なん……で……」

ぽろぽろと、ルナが涙を零す。

自分のチェイスへの想いを否定された気分になって、涙が止まらない。

自分を完全否定されたような気がして、悔しくて仕方ない。

証明しなければならない。自分のチェイスへの想いも、自分の存在理由も、あの男に負けず劣らず強いんだと。確かなものなのだと。

戦いで、憤怒で、憎悪《ぞうお》で──ルナは証明しなければならない。

なのに──

ルナの手には、剣を握る力がもうまったく入らなかった。

と、その時だ。

「ぐうううううううう──ッ⁉」

押し寄せる圧倒的な混沌の津波を、アルベルトが眼前に展開した魔力障壁で防御し、その圧力衝撃でルナの傍《かたわ》らまで、両足の裏で地を削りながら押し下げられてくる。

「……ッ⁉」

はっとして、アルベルトを見上げるルナ。

「……ごはっ！　ちぃ……ッ！」

アルベルトがやっとの思いで詰めた、五十メトラの距離を一気に挽回《ばんかい》された。

あの死力を尽くした戦いが全て無駄になった。全てが振り出しに戻った。

だが、アルベルトは血反吐《ちへど》を吐いて、一瞬、片膝をつくだけで……すぐさま、口の端を拭い、立ち上がる。

その苛烈な目は、やはり遥《はる》か彼方《かなた》──わらわらと迫ってくる悪魔軍団と、際限なく溢《あふ》れる闇の混沌の向こう側──パウエルだけを見据えている。

どこまでも、真っ直《ま》ぐ《す》に、真っ直ぐに――……

そして、そんなアルベルトへ。

「なんで？」

ルナは問わずには、いられなかった。

「……」

再び、迷わず前へ駆け出そうとしていたアルベルトが、踏み出しかけた足を止める。

「……なんで……よ……ッ⁉」

ルナが泣きながら、そんなアルベルトへ問いかける。

「どうして、貴方《あなた》は……そこまで復讐心を捨てずにいられるの……ッ⁉」

「…………」

「だって、勝ってこない！　復讐なんて……もう、どうやったって敵《かな》うわけない！　貴方もわかってるでしょう⁉　無理よ⁉　力の差がありすぎる……ッ！」

「…………」

「なのに、どうして貴方は諦めないの⁉　戦えるの⁉　前を向いていられるの⁉　貴方は……そうまでして、あの男へ復讐したいの⁉　なんで⁉」

「…………」

「わからない……私にはわからない！　なんでなのよ……ッ⁉　私のチェイスに対する想いは、貴方の姉に対する想いより劣るの⁉　貴方がいるから……貴方のせいで、私はこんなに惨《みじ》めで、無様で……ッ！」

そんな泣き叫ぶように弱さを吐露するルナへ。

アルベルトは──答えた。

「復讐のためじゃない」

「え？」

ルナが、アルベルトの横顔を見上げる。

アルベルトは、前だけを真っ直ぐ見据えたまま淡々と言った。

「俺が戦えるのは──託されたからだ」

その時、ふとアルベルトの脳裏に蘇《よみがえ》るは、このフェジテをアルベルトに託していった、とある男の、とある言葉だ。

〝ああ、そん時は俺を呼べ〟

〝けっ。俺とお前の二人なら、そんな最悪の状況も、ちったぁマシになるだろうよ〟

〝一人で背負うな〟

（確かに、今ここに、あいつはいないが、あいつの魂は共にある。一人とは、物理的な距離の遠近のみを指す言葉ではない）

アルベルトはほんの少しだけ口元を歪《ゆが》ませ、苦笑した。

復讐をしたいだけなら、〝青い鍵〟を取るのも一つの手かもしれない。

だが、それでは恐らく自分は敵の先兵と成り下がり、あの男から託されたものを守れないだろう。

それに、もし今ここに、あの男がいたとしたら、きっとこう言う。

この程度の苦境で甘ったれるな、と。

あの男は、どんな絶望的な状況でも決して折れなかった。

ならば、そんな男に信じて託された俺が折れてどうする？

「ルナ＝フレアー。確かに、俺もお前と同じく復讐者だ。だが、それだけではこうも戦えない。お前と同じく、圧倒的な絶望と力の差を前に為《な》す術《すべ》なく膝を折っただろう。あるいは……その時、俺はこの〝青い鍵〟を己に刺したのかもしれない」

アルベルトが、捨てても壊しても、気付けばいつの間にか己が手に握られている〝青い鍵〟を、ルナへ見せる。

それを、バキリと握り潰し、言葉を続ける。

「だが……いかなる絶望を前にも決してくじけず、己の大切なものを信じ、守り続けたとある友の背中が、俺に教えてくれた……本当の強さというものを」

「…………」

「あいつがいなければ……俺は一人で勝手に全てを背負ったつもりになって、どこかで人知れず、何も為せず、孤独に野垂れ死んでいたことだろう。

そんな友に……託されたのだ。仲間達《たち》を。この国を。この世界を。

その託されたものへ真に向き合えばこそ……俺の魂は燃え上がる。この傷つき、今にも折れそうな心と身体に、再び戦う力をくれる。ただ、それだけの話だ」

ルナが、呆然《ぼうぜん》とアルベルトの横顔を見上げる。

だから戦えるのか？　だから挑めるのか？　最愛の姉の姿をしたモノを殺してまで。

彼は、自分《ルナ》と同じ復讐鬼《ふくしゅうき》。

だが、その身を未《いま》だ地獄の業火《ごうか》のような憎悪と憤怒《ふんぬ》で焦がしつつも――それ以上の何かが、彼を衝《つ》き動《うご》かす。

ルナが呆《ほう》けていると、何を思ったのか。

今までまったく眼中になかったルナを、アルベルトがちらりと流し見る。

「残念ながら、俺はお前の過去を知らない。情報部の書類上のデータから、お前のパーソナリティを推察するしかない。

　力を得るため、人であることを捨て、天使となった愚かしい女……それが、お前だ。

　だが、俺は、お前がただ力を求め、力に溺れた類いの人間だとは思えない。

　天使転生……並大抵の覚悟じゃできないはずだ。

　だから、お前もかつてはそうだったんじゃないのか？　誰かに、大事な何かを託されたから、お前は人を捨て、天使となったのではないのか？」

「……ッ⁉」

　途端、ルナがはっと目を見開く。

　ルナの脳裏に走馬燈《そうまとう》のように、かつての仲間達の顔が次々と浮かんでいく。

　──父親代わりだった、ヨハネス。

　──面倒見の良かった、シルディン。

　──豪快な兄貴分、ギルダー。

　──優しい姉のような、シェリル。

　──兄妹《きょうだい》同然に育った幼なじみ、チェイス。

　自分が弱かったせいで、死んでしまった……聖堂騎士団の仲間達。

家族同然の仲間達。

みんな、とある戦いでルナを守って、死んでしまった。

みんな、この世界を少しでも守ろうと、この世界から泣いて悲しむ人を少しでも減らそうと……そのために剣を振るい続けた人達だった。憧れの人達だった。

そんな人達の思いを……ルナは託されたのだ。自らの意志で受け取ったのだ。

だから、それに応えようと、ルナは天使になったのだ。

思えば、それが原初。《戦天使》ルナの始まり。

だが、何かを守るために戦えば戦うほど、周囲から化け物扱いされるあまりに。

グレン＝レーダスとかいう、人のまま、全てを守り続ける男に嫉妬するあまりに。

パウエル＝フューネという、底知れぬ邪悪への憎悪と復讐の炎を燃やすあまりに。

いつの間にか、忘れてしまったけど。

ずっと、ずっと、忘れてしまったけど。

「私は……私の戦う意味は……」

そう。復讐じゃない。

否《いな》、それ自体は、もう今さら否定しようもないし、捨てる気もないが——

もっと、大切なものがあったはずなのだ。

「！」

気付けば。

アルベルトは、とっくにパウエルに向かって駆け出している。

まるで底の見えない悪魔の軍勢と無限大の混沌《こんとん》へ、再び真っ向から挑んでいる。

炸裂《さくれつ》する魔力と魔術が明滅し――ルナの視界を白熱させる。

「……ぁ……ぁあぁ……」

そんなアルベルトの姿に、背中に――かつて、どんな強敵にも折れず、挫《くじ》けず、人々を守るために誇り高く真っ直ぐに戦い続けた、最愛の仲間達の姿が被《かぶ》る――

ルナの燃え尽きた心に、再び微《かす》かな火が灯《とも》った。

萎えた身体《からだ》に……ゆっくりと……それでも確実に、力が蘇っていく。

「気に食わない……ッ！　本っ当に……帝国の連中は……気に食わないったら……ありゃしない……ッ！」

ごしごしっと、ルナは涙を手の甲で拭い……剣を杖《つえ》代わりに立ち上がり……

その背中の三対六翼を、ばっ！　と広げて――

「はぁあああああああああああああああああ——ッ！」

衝撃音。

「——ッ⁉」

その一瞬、アルベルトが目を剝《む》いて硬直する。

アルベルトの眼前に、ルナが白い羽をまき散らしながら舞い降りてきて——その壮絶な威力の光の法力剣《フォース・セイバー》で、折り重なる悪魔や混沌達を薙《な》ぎ払《はら》ったのだ。

その聖剣の刃《やいば》から嵐のように放射される白い法力の咆哮《ほうこう》。

神聖なる法力は悪魔や混沌には特効で、連中は断末魔を上げて消滅していく。

「ほう？　これはこれはまた、予想外な……」

どこか楽しげに次なる悪魔や混沌を繰り出すパウエルを無視して。

「そこの帝国男！」

ルナが叫んだ。

「一時、共闘よ！　私があのクソ爺《じじい》までの道を敷いてあげるわ！　さっさとその〝右眼《みぎめ》〟とやらで、あいつを滅ぼしなさいッ！」

「ふん。ようやく目が覚めたか」

「うるっさい！　私だって……意地があるのよッ！」

と、その時だった。

ルナの背後に、とある悪魔が猛速度で迫ってくる。

その悪魔は《黒剣の魔王》メイヴェス――ルナの最愛の家族、チェイス＝フォスターの姿をした悪魔だ。

しかし――

「邪魔ッッッ！」

ルナが振り返り様に放った法力剣《フォース・セイバー》が、巨大な白き孤月を描いて、《黒剣の魔王》を瞬時に消し飛ばしてしまう。

ぎり、と。

一瞬、ルナのその目元や口元に、哀愁じみた何かが浮かぶが――

「……ついてきなさい！」

結局、消し飛ばした相手には目もくれず、ルナがパウエルへ突進を開始する。

「ふっ……まぁ、いいだろう」

ほんの微かに、アルベルトが口元を歪めて——続いて駆け出す。

「《金色の雷帝よ・地を悉《ことごと》く清め・天に哭《な》きて貫け》——ッ！」

アルベルトの全霊の魔術が、悪魔の群を吹き飛ばす。

「ああああああああああああああ——ッ！」

ルナの全霊の法力剣《フォース・セイバー》が、悪魔の群を消滅させる。

群れなし、織りなす莫大《ばくだい》なる混沌を、真っ二つに斬り裂いていく——

「ふむ……最早《もはや》、悪魔や混沌など、足止めにもなりませんか」

だが、あくまでパウエルは余裕をまったく崩さず、どこか楽しげに、アルベルトとルナが迫り来る様を眺めていて——

「ぅおおおおおおおおお——ッ！」

「はぁあああああああああああああ——ッ！」

アルベルトとルナが、時に互いにフォローし合い、時に互いを盾にし合い、時に利用し合いながら——パウエルへ突き進む。

前へ。

前へ。前へ。

前へ。前へ。前へ——

炸裂する法力。

咆哮する魔力。

輝き燃える瞳。

唸《うな》りを上げる剣。

濁流し、奔流する、混沌。

押し寄せる数限りない無限の悪魔。

立ち向かう人間と天使に、容赦なく喰《く》らいつく悍《おぞ》ましい暴威の数々。

「ぐ——ッ!?」

「くぅうううううううう——ッ!?」

壮絶に振るわれる混沌の翼の一撃がアルベルトの骨をへし折り、喰らいつく悪魔の大口がルナに齧《かぶ》り付《つ》き、牙を深々と立てる。

間髪容《い》れず、刃が、槍《やり》が、悪魔達が、ありとあらゆる凶器と狂気の形が。

それでも屈せず走り続ける二人へ、無慈悲に叩《たた》き付けられる。

最早、二人に防御に魔力を回す余裕など、微塵《みじん》もない。

ただ、全力邁進《まいしん》。ただ、削れていく。

激しく入り乱れる混沌の戦場で、人間と天使が削れていく。
二人の肉体はみるみる壊れていき……その命は次々と零《こぼ》れ落《お》ちていく。
最早、取り返しがつかないほどに――
だが。
それでも、零れ落ちる命の一滴を代償に。
一歩、また一歩、二人は距離を詰めていって。
「ぉおおおおおおおおおおおおおおおおおおお――ッ!」
「ぁあああああああああああああああああぁぁぁぁあ――ッ!」
走り続けて、走り続けて、走り続けて――
そして――……
――。
そこは、真紅の世界だった。

「はぁああああああああああああ────ッ！」

「ァアアアアアアアアアアアアアアアアアアアアアアアアアアア────ッ⁉」

イヴの気迫の咆哮に、エレノアの断末魔が延々と響き渡る。

──《無間大煉獄《れんごく》真紅・七園》。

イヴが最愛の姉との死闘を通して、ついにその要諦を摑《つか》んだ、イグナイト最大の秘術。

自分の支配領域内を一部の隙なく超高熱の極炎で満たす、必中必滅攻式。

極炎がまったく逃げ場のないエレノアを燃やす、燃やす、燃やす、燃やす──

湧き出る無限に近い死者達《たち》も、出現と同時に、燃やす、燃やす、燃やす──

「ギャアアアアアアアアアアアアアアアアア────ッ⁉」

エレノアが凄《すさ》まじい勢いで死んでいく。

エレノアが凄まじい勢いで復活する。

だが、消滅と再生を繰り返しながら──エレノアは嗤《わら》った。

「イヒッ……クフッ……アハッ、アヒャハハハハハハハハハハハ────ッ！」

「……ッ！」

「お強い、お強いですわぁ、イヴ様！　さすがですわぁ！　本気で、この私を七万五千六百六十二回殺しきる気なのですねぇ!?　アッハハハハハ──ッ！　まさか、このような切り札を用意されていたとは……イッヒヒヒッヒャッハハハハハ──ッ！」

嗤いながら、エレノアは皮肉げに口の端を吊《つ》り上げ、蔑むようにイヴを見下ろす。

「お陰で、私、もう、合計二百回くらいは殺されてしまいましたわぁ？　後、何回で私、完全に殺されてしまうのか……数学が苦手でちょっとわかりませんわぁ!?」

「ちぃ……ッ！」

エレノアの痛烈な煽《あお》りに、ぎり、とイヴが歯噛《はが》みする。

確かに、奥の手《無間大煉獄真紅・七園》を切ったお陰で、エレノアを殺すペースは格段に加速向上した。

だが──あまりにも遠すぎる。

七万五千六百六十二回は、あまりにも遠くて、膨大で、先が見えない──

「見たところ、貴女《あなた》様のその大魔術……相当の魔力を喰う術式とお見受けします。さすがにそのようなペースで最後まで保《も》つかどうか……保ったとしても、それまでフェジテが保つか、私、とてもとても心配ですわ……ッ！」

「……うるさい……ッ！」

イヴが吐き捨てるように叫んだ。

「できるかどうかじゃない！　やるのよ！　私は……イグナイトだ！」

「あらあら？　これまで常に計算と理詰めで、私達を上回り続けた貴女様が……最後は、ただの精神論でございますか？　これはなんとも滑稽ですねぇ？」

「うるさい……ッ！　私が用意した策が、もう尽きたと思ってるわけ⁉」

もちろん、尽きている。

ただのハッタリと強がりだ。

もう、正真正銘、手の内は何もない。

以前までの自分なら、もう損切りに入り始めている段階だ。とっとと戦果を諦め、被害を最小限にしつつ、撤退するところだ。今後の自分の保身のために。

だが——今のイヴに、退《ひ》く気はまったくない。退く気も起こらない。

（まさか……この私が、こんな策もない、勝ち筋もない絶望的な……グレンみたいな戦いをする羽目になるなんて、思わなかったわ……ッ！）

譲れない戦いに挑むとは。

グレンや、姉リディアの気分はこんな感じだったのだろうか？

（しかし、実際どうする？　かつて姉も使った自己犠牲自爆魔術【大終炎《フィーニス》】は、威力こそあれど、あれは瞬間的なもの……今さら切ることを躊躇《ためら》うつもりはないけど、このエレノアには相性が悪い！　やっぱり、ここは《無間大煉獄真紅・七園》しか……ッ!?）

つまり、エレノアを殺すペースをさらに加速させなければならない。

そのためには――

（熱量だ……私の炎の熱量をもっと上げないと……もっと……もっと……ッ！）

《無間大煉獄真紅・七園》で、エレノアを殺す速度が格段に加速したのは、全域全空間制圧攻撃だからというのもあるが、そのもっとも大きな理由は、〝熱量差〟だ。

事実として、炎の熱量を上げれば――エレノアを殺す速度を高められる。

ならば、エレノアを倒しきるために高める熱量の到達点はどこか？　と考えた時、イヴはふと思い出す――

以前、自由都市ミラーノにて《炎の一刻半》で、リディアと戦ったあの時を。

あの時、リディアの《無間大煉獄真紅・七園》に、自身の魔力を上乗せすることで、干渉作用を引き起こし――一瞬、無限熱量の領域に至った。

（そうだ、無限熱量！　アレをやるしかない……ッ！　今、ここで……ッ！）

〝∞〟。それこそ、この世界の全てを昇華消滅させる究極のエネルギー。

三属共鳴干渉で〝虚数〟のエネルギーを発生させる【イクスティンクション・レイ】と

はまた違う意味での、必滅の攻性魔術となる。

それならば――エレノアを一気に殺しきれるかもしれない。

（でも、どうやって……ッ!?　どこをどう考えても、私の技量と魔力じゃ……ッ！）

そのバカげた困難さに、イヴが歯噛みしていたその時。

「しかし……イヴ様」

真紅の世界のド真ん中で、燃やされ続けるエレノアが不敵な笑みを浮かべていた。

「貴女は、まぁ調子良くこの私を燃やし続けているわけですが。このまま、私が黙っているると……本気で思っていますか？　うふっ、うふふふふ……」

「……ッ!?」

「まさか、〝切り札〟を持っているのが……貴女だけだとでも？」

そう言って。

エレノアが、すっと、どこからともなく、〝鍵〟を取り出した。

〝赤黒い鍵〟だ。

だが、その鍵は縦半分に割れている。

不完全な〝鍵〟ではあるが、その不穏で禍々《まがまが》しい魔力を放つ〝鍵〟には見覚えがある。

「なっ……ッ⁉　エレノア、貴女もその〝鍵〟を⁉」

愕然《がくぜん》とするイヴ。

そう。あの〝鍵〟は拙《まず》い──拙いのだ。

エレノアを止めなければならない。

だが、エレノアはすでに《無間大煉獄真紅・七園》の灼熱《しゃくねつ》地獄の中に捕らえている。

今のイヴにこれ以上の攻撃はないのだ。止めようがない。

そんなイヴへ、エレノアは身を焼かれ復活と再生を繰り返しながら、滔々《とうとう》と語った。

「天の智慧《ちえ》研究会、第三団《天位》《ヘヴンス・オーダー》は、ほぼ全員〝鍵持ち〟の、人をやめた御方達です。

ですが、私は〝人〟として、大導師様から仰《おお》せつかった役目を果たさなければならなかったため、〝人〟としての性質を残すため、このような不完全な鍵を賜りました。

ゆえに、私の位階は第二団《地位》《アデプタス・オーダー》。

ですが、この〝鍵〟は、あの大導師様最大の信頼の証《あかし》。私の誇りですわ。

そして、断言いたしましょう。この〝鍵〟は……不完全であることを差し引いても〝最強の鍵〟なのでございます」

「ちぃ──ッ！」

イヴが歯噛みする前で。
エレノアは、悠然と陶酔しきったような表情で、その〝鍵〟を……己の胸に刺した。
すると、その瞬間。

どっ！

エレノアから暴力的な黒い魔力が、天を衝《つ》かんばかりに溢《あふ》れ――
衝撃と共に、エレノアの姿が変貌していく。
人ならざる魔人――最後の魔将星へと。
衝撃がフェジテ中を鳴動させ、震わせた――……
――。

第六章　主よ、人の望みの喜びよ

戦いの喧噪《けんそう》が遠く聞こえる、フェジテのとある路地裏にて――

「……ごほっ！　げほっ！」

「大丈夫かね？」

そこに二人の男がいた。

一人は、アルザーノ帝国魔術学院、魔導考古学教授、フォーゼル。

もう一人は、同じく学院の白魔術《しろまじゅつ》権威、ツェスト男爵。

フォーゼルの胸部には派手な斬撃痕が刻まれている――が、それは、致命傷になるぎりぎり一歩手前だ。

フォーゼルはシャツを破いてその傷口を縛り、手を当てて法医呪文《ヒーラー・スペル》を唱えている。

「まったくもって危ないところだった。あの《剣の姫》エリエーテと一人でやり合うなんて……無茶をするのう、君も」

その傍《かたわ》らで、ツェスト男爵がシルクハットをかぶり直し、ため息を吐《つ》いた。

先刻、エリエーテと交戦していたフォーゼルは、エリエーテの放つ【孤独の黄昏《トワイライト・ソリチュード》】の前に為《な》す術《すべ》もなく、その命を刈り取られようとしていた。

だが、【孤独の黄昏《トワイライト・ソリチュード》】がフォーゼルの身体《からだ》を真っ二つにしようとしていた、まさにその瞬間だった。

その戦いを遠くから見ていたツェスト男爵が、最後の魔力を振り絞り、咄嗟《とっさ》に起動した遠隔的な短距離転送魔術で、フォーゼルの身体をこの場所まで退避させたのである。

ぎりぎりフォーゼルを殺し損ねたエリエーテは、消えたフォーゼルなど気にすることもなく、そのままフェジテ都市内のいずこへか跳んでいってしまったが――

「……無茶と言えば……君もだぞ、男爵」

フォーゼルが自身の手当を続けながら、苦々しく吐き捨てる。

「言っておくが、僕と君は見逃されただけだ」

フォーゼルが、フェジテ城壁上のとある一角――先ほどまで自分がエリエーテと大立ち回りを繰り広げていた場所を見上げる。

この場所から直線距離にして約五百メトラほど離れたそこは、エリエーテの【孤独の黄昏《トワイライト・ソリチュード》】の余波で、真っ二つに割れていた。

「言っておくが、たったこれだけの距離、あの女にとっては充分に一足一刀の間合いだ。

それにあの時、あの女は僕を見失っていなかった。ここに転送された僕と、しっかりと目が合ったしな。ただ、もう僕に興味がなくなっただけだ」

「……だろうて。命拾いしたのう」

「なぜ、僕を助けた？　もう少しエリエーテの興味が僕に向いていれば、僕もろとも君は死んでたぞ？　僕なんか放っておけばよかったろうに」

「ま、同じ学院の仲間だから、つい身体が動いた……としか言えんのう。君が我々を仲間と思っているかどうかは甚だ疑問だがね」

「……ふん」

ニヤリと笑うツェスト男爵に、フォーゼルはバツが悪そうに鼻を鳴らす。

そして、よろよろと立ち上がり……壁伝いに歩き始めた。

ポタ、ポタ、と血の滴を地面に落としながら……

「行かねば」

「どこへ？」

「……生徒達《たち》の……下へだ……グレン先生に、任された……からな……」

フォーゼルの傷は、まだ全然塞がっていない。あんな、もう爪の先ほど深かったら即死していたほどの大負傷、こんな短時間の法医呪文《ヒーラー・スペル》で癒えるはずもない。

それでもフォーゼルは歩き始める……

「しかし、どこへ？　今、このフェジテは大混乱状態だよ。索敵魔術でも、どこに誰がいるのか、まったくわからん状態だぞ？」

「それでも……だ……ッ！」

と、その時だった。


カッ！


ここから遠く離れたフェジテの一角に、眩《まばゆ》い銀色の閃光《せんこう》が弾《はじ》け、天を衝いた。

「な、何かね、あの光は……ッ⁉」

「まさか……」

──。

それは──ただただ、尊く神々《こうごう》しい光景だった。

「いいいいやぁああああああああああああああああ――ッ！」

「～～～ッ⁉」

リイエルとエリエーテが、壮絶に剣を交えている。

エリエーテが振るう金色の剣閃《けんせん》――【孤独の黄昏《トワイライト・ソリチュード》】。

その剣先から神速で飛ぶ黄昏《たそがれ》の光が、この世界を焼き尽くさんばかりに、矢継ぎ早に放たれる。

だが。

その悉《ことごと》くを――銀色の剣閃が、斬り裂き、弾き、撃ち落とし、消し飛ばす。

リイエルの振るう剣先に広がる――【絆の黎明《デイブレーク・リンク》】だ。

「はぁあああああああああああ――ッ⁉」

「くぅうううう⁉」

リイエルが剣を振るう、振るう、振るう――

大上段から斬り落とし、横一文字に切り返し、全身を回転させながら振り抜く。

その全ての斬撃に、眩き銀色の光が乗る。

その都度、世界が白く、白く、輝く――まるで、夜明けの黎明《れいめい》のように、辺りを強く明るく照らし上げる――

「な――ッ⁉」

その銀色の光を前に、エリエーテは完全に押されていた。防戦一方だった。

必死に【孤独の黄昏《トワイライト・ソリチュード》】を返して、リィエルの【絆の黎明《ディブレーク・リンク》】を迎撃する。

だが――なぜかその全てに打ち負ける。

リィエルの光の輝きの方が――強い。

黄昏の金色が、黎明の銀色によって、塗り潰されていく――

そんな風に銀色の光を振るって戦うリィエルの姿を前に。

「なぁ……みんな……見えるか？」

カッシュが涙を流しながら、呟《つぶや》いた。

「ええ、見えます……見えますわ……」

「うん、僕にも見える……あの光が……」

「リィエルの放つ銀色の光……とても優しくて、強くて……」

「なんなんだ、あれ……理屈なんてサッパリなのに……ありえない、馬鹿げた現象なのに……」

「なんだか……涙が止まりませんわ……」

ウェンディも、セシルも、リンも、ギイブルも、テレサも……みんな、涙を流しながら、リィエルの戦いを見守っている。

そう。

リィエルの【絆の黎明《ディブレーク・リンク》】は──リィエルだけの光ではない。

エリエーテの【孤独の黄昏《トワイライト・ソリチュード》】とは異なり、誰の目にも見える。

力強くも優しい希望の銀色が見える。

それを振るうリィエルの姿は──どこまでも神秘的で、天使のように美しかった。

「これが……わたくし達を守るために、振るっていたリィエルの〝光〟……」

「ああ、剣先に〝光〟が見えるって、わけわかんなかったけど……きっと、こういうことだったんだな……」

「なんて……力強いんだ……なんて綺麗《きれい》なんだ……」

「ええ、凄《すさ》まじい力を秘めた光なのに……何も怖くありません……むしろ、見えなかった時よりも、よほど……」

実際、リィエルが四方八方へ我武者羅《がむしゃら》に放ちまくり、嵐のように吹き荒れる銀色の剣閃は、周囲の建物を、そしてカッシュ達を何度も何度も巻き込んだ。

だが──カッシュ達にも、建物にも、何もダメージはなかった。

ただ、心地好《よ》い風がカッシュ達を撫《な》でたように感じるだけであった。

なのに——エリエーテだけには、壮絶な威力となって牙を剝《む》く——そんな〝光〟だった。

勝てる。行ける。頑張れ。

リィエルを見守る誰もが、そう固唾を呑《の》むが……

その時、リンが不安げに呟いた。

「で、でも……リィエル……大丈夫なのかな……？」

そんなリンの呟きに、誰もが押し黙るしかなかった。

ただでさえリィエルはボロボロなのだ。限界など、とうの昔に超えている。

本来なら、絶対安静状態。辛《かろ》うじて命を繋《つな》いでいるだけで、戦うなんてもっての外。

魔造人間の頑健さをさっ引いても、すでに命に関わる状態なのだ。

なのに——リィエルは剣を止めない。【絆の黎明《ディブレーク・リンク》】を振るい続ける。

エリエーテと、全身全霊で戦い続ける。

剣と剣を壮絶にぶつけ合っていく。

当然、その衝撃と反動で、リィエルの全身の傷が派手に開き——リィエルは剣を振るいながら、己が血をもまき散らしていく。

極限突破の剣舞に、リィエルの身体はどんどん崩壊していく——

「それに……リィエルのあの〝光〟……」

ぐすっと、リンが洟《はな》を啜《すす》って、絞り出すように言った。

「まるで……リィエルが自分に残された〝最後の命〟を振り絞って……その命を燃やして輝かせる〝最後の光〟のような……そんな気がして……ッ！」

言われずとも、その場の誰もが悟っていた。

リンの言っていることが……恐らく、本当だろうと。

理屈はわからない。魂がそう理解するのだ。

リィエルは、とっくの昔に限界を超えている。

だとするなら。

このままだと、リィエルは……

「だから、なんだっていうんだよ……ッ⁉」

カッシュが泣きながら叫んだ。

「リィエルは、俺達のために……このフェジテを守るために、自分の意志で戦ってるんだ……ッ！　もう誰も止められねえよ……ッ！　止める資格なんてねえよ……ッ！

俺達ができることは……もう、リィエルを信じることだけだ……リィエルの戦いを最後まで、この目で見届けることだけだ……ッ！　そうだろ⁉」

「ええ、そうですわね……」

「頑張れ、リィエル……どうか……」

「頑張ってくれ……お願いだ……ッ！」

「リィエル……ッ！」

カッシュ達は祈るように、リィエルの戦いを見守り続ける——

「でぇえええええやぁああああああああああああああああ——っ！」

リィエルが全身から鮮血をまき散らしながら、銀色の剣閃を振るう。

世界が白く染まり——神速がひた走る。

「く、ぅううう、ぁああああああ——ッ!?」

それを金色の光で迎撃するエリエーテの身体《からだ》が威力に負けて、押される、泳ぐ、押し込まれる、押し返される——

「そ、そんな……なんだい、それは!?　そんな剣は知らない……そんな剣は、ボクは見たことない……ッ!?」

たたらを踏むエリエーテの顔から、初めて余裕が失われている。

「ぁあああああああああああああああああ――ッ！」

その顔面に、リィエルが空中から大剣を振り下ろす。

世界が白銀に輝き燃え上がる。

「うぐぅうううううううう――ッ⁉」

エリエーテが頭上に剣を跳ね上げて――受ける。

ずどん！　と、エリエーテが踏みしめる地面が陥没する。

「いいいいいやぁああああああああああああ――ッ！」

くるりと空中で身を捻《ひね》り、リィエルが天地真逆の体勢から大剣を振るう。

横一文字に白閃《はくせん》する、壮絶なる銀。

「うぁああああああ――ッ⁉」

咄嗟《とっさ》に受けたエリエーテの身体が――その威力で後方へ吹き飛ぶ。

そんなエリエーテへ間髪容《い》れず、大剣を振り上げて突進するリィエル。

驟雨《しゅうう》のような銀色の斬撃乱舞を、エリエーテへ浴びせる。

エリエーテは、そんなリィエルの猛攻を必死に捌《さば》き続けながら、焦《あせ》りも露《あら》わに叫んだ。

「違う……こんなはずじゃ……ッ⁉　ボクの光は……【孤独の黄昏《トワイライト・ソリチュード》】は無敵……ッ！

最強の剣のはずなんだよ……ッ⁉」

エリエーテが、必死に切り返す。

それ以上のリィエルの猛追・斬撃に、悉く切り返される。

激震。激震。激震──

「ボクは、あらゆる〝余分〟を削《そ》ぎ落として……自分を一振りの剣に……最強の剣に仕上げたはずなんだ……ッ！　そして、ボクと同じ剣と戦うことで……鍛え上げることで……さらなる〝天〟に至れるはずだったんだッ！　なのに──」

リィエルの銀色の剣と戦っても──エリエーテの剣は一向に磨かれない。

高みに上がることはない。

それも当然だ。

エリエーテの剣と、リィエルの剣は、根本的に剣質が違う。

自身をただ一振りの剣として、何かを斬るためだけに鍛え上げられた剣閃。

自身は人のまま、誰かを守るためだけに振るわれる剣閃。

両者は、まったく似て非なるものだ。

そんなルール違いの異種格闘技戦で得られるものなど、何もありはしない。

ならば、その両者の勝敗を分けるのは、もっとも単純な真理。

即《すなわ》ち──どちらの光の輝きの方が強いか？

そして、その結果は——……

「そんな……はずは……ッ!?」

エリエーテが、リイエルに押される、押される、押し込まれる——

金色の光が、銀色の光に呑み込まれていく——

どこまでも、どこまでも——

「ボクの方が……弱いの……ッ!? キミの剣の方が……強いの……ッ!?」

「ぁああああああああああああああああああ——ッ!?」

「そんな……はずはない……ッ!? そんなはずはないんだよ……ッ! だとしたら……ボクは……ボクは一体なんのために……ッ!?」

その時、エリエーテの脳裏に、ちらりと浮かぶのは。

剣に全てを懸け、剣に生きた生前の彼女の——生涯唯一の友のことだ。

だが、もうその友の姿、形、顔、名前は……よく思い出せない。

こないだまで、覚えていたのに……今は思い出せない。

〝削ぎ落とした〟からだ。

ただ、その友は……長く豪奢《ごうしゃ》な髪と……真紅の瞳が印象的な、とても綺麗な女性だった……そんな気がする。

思い出せない。どうしても思い出せない。

〝捨てた〟から——

剣しかなかった、つまらない自分の人生の中で。

彼女と過ごした日々だけが……自分にとって——[redacted]だったのに……

「うぁああああああああああああああああああああ——ッ!?」

エリエーテが、吼《ほ》えた。

負けてたまるか、と。

吼えて、吼えて、全身全霊で剣を振り抜いた。

その一瞬、黄昏《たそがれ》の光が——激しく輝き、咆哮《ほうこう》し——世界を黄金色に染め上げる。

リィエルの振るう銀色の光を押し返す。

「——ッ!?」

その威力と衝撃で、リィエルが後方へ吹き飛ばされ、転がっていく。

血をまき散らし、地面を激しくバウンドしながら転がっていく。

地べたに這《は》いつくばり、血反吐《ちへど》を吐くリィエル。

絶好のチャンス。

だが、エリエーテは追撃を仕掛けず、地面に伏せるリィエルへ剣を突きつける。

そして、叫んだ。

「勝負だよ……リィエル！」

「…………」

「キミの〝光〟と、ボクの〝光〟……どっちが真に強いか勝負だ！　小細工なし！　お互い真っ向からの勝負だ……受けるかい……ッ⁉」

対するリィエルは……無言で。

大剣を杖代《つえ》わりに……ふらりと立ち上がる。

是非もない。

リィエルは、すでに限界を何度も超えている。

今の優勢な流れが断たれたことで、リィエルの足には素早く走る力もなければ、その腕に技巧を凝らす力もない。

真っ向勝負と言われれば、もうそれを受けるしかないのだ。

（別に、キミに勝つだけなら、真っ向勝負なんてする必要はない……）

エリエーテが、糸の切れた人形のように俯《うつむ》くリィエルを見据える。

(もう、キミは……命も、力も……とっくの昔に全て出し尽くしている。ボクにはまだ余力がある。適当に一撃離脱《ヒットアンドアウェー》を繰り返しているだけで……キミを削り殺せる。

だけど……それじゃ、キミに勝ったことにならないッ！

ボクの〝光〟が、キミの〝光〟より強いことの証明にならないッ！　そんなの……この〝光〟に全てをかけた一人の剣士として……許せるわけがない……ッ！)

ゆえの、真っ向勝負。

そして、真っ向勝負なら負けるわけがない。

(ボクの剣は……最強なんだから……ッ！)

エリエーテが、剣を大上段に構える。

その剣に……金色の光を灯《とも》す、漲《みなぎ》らせる、高める、昂《たか》ぶらせていく——

エリエーテの見る世界を——ただ孤独の世界を、どこまでも黄金に、金色に染め上げていく彼女の〝光〟。

寂しい、寂しい、黄昏の世界に——エリエーテがただ一人立つ。

次に放たれるのは——彼女の最強、最大の一撃だ。

「さぁ、来るんだ、リィエルぅううううううう——ッ！」

そんなエリエーテの叫びに応じるように。

リィエルが、よろよろ、ふらふらと……大剣を振り上げる。

最早《もはや》、大剣を支える力もないのか、足はがくがくと笑い、その剣先は定まらない。

そのような有様《ありさま》ならば、リィエルが次に放つ一撃は——彼女の最弱、最低の一撃だ。

だけど——

「リィエル……ッ！」

彼女の背後の友の声が……その剣先に銀色を灯す。

「頑張れ……リィエルちゃん……ッ！」

友人達《たち》の声が……その剣先の銀色の光を強くする。

「負けないで、リィエル！」

「勝って！　お願い！」

「また、一緒に、みんなで先生の授業を受けよう！」

「こんなところで君が終わるなんて、許さないからな……ッ！」

「リィエル！」

「……リィエル……ッ！　リィエル……ッ！」

「お願い……どうか……どうか……負けないで……ッ！」

「誰よりも……貴女自身《あなたじしん》のために……勝って……ッ！」

「「「リィエル──ッ！」」」

彼女の大切な友人達の声援が……ふらつくリィエルの身体《からだ》を支える。
その乱れた呼吸を整えさせる。
その萎えた腕に剣を握る力を与える。
その虚《うつ》ろな瞳に──強き意志の光を燃え上がらせる。
その半ば死んだ身体を……まるで不死鳥のように蘇《よみがえ》らせていく。
やがて──リィエルは、カッ！　と目を見開いて。
「エリエーテ……ッ！」
リィエルが掲げた大剣に、世界を白熱させる壮絶な銀色の光が宿る──
それは今までで、もっとも強く明るく神々《こうごう》しい光だった。
黎明《れいめい》の銀と、黄昏の金。
二つの輝きが全てを染め上げ、互角にせめぎ合うその眩《まばゆ》き光の世界の中で──
その時、エリエーテは、なんとなく──己の運命を悟った。

（ああ……リィエルの剣は……なんて綺麗《きれい》なんだ……）

その背後にいる〝余分〟――否《いな》、〝仲間達〟。

彼らを背負うその剣の……かつて、自分が弱いと切り捨てた剣の……なんという美しさか。温かさか。

対し、後ろに誰もいない自分の剣の、なんと薄っぺらいことか。寂しいことか。

自分の最強《さいきょう》の剣と、リィエルの最弱《さいじゃく》の剣。

どっちが勝つかなんて。

そんなの――もう決まりきっているではないか――

「はぁあああああああああああああああああああ――ッ！」

「いいいいやぁああああああああああああああああ――ッ！」

二人同時に、光の剣閃《けんせん》を振り下ろす。

エリエーテは、己の全てと己の意地をかけて、その一撃に全てを出し尽くす。

咆哮し、奔流する二色の光。

激突し――せめぎ合う。

衝撃が世界を震撼《しんかん》させる。

だが、二つの色が拮抗《きっこう》したのは——ほんの一瞬だった。

次の瞬間、リィエルの銀色が、エリエーテの金色を爆発的に呑《の》み込んで——

黎明と黄昏でせめぎ合う世界は——あっという間に銀一色に白熱した。

銀色の光の奔流の中へ——エリエーテは為《な》す術《すべ》もなく呑み込まれていった。

夜明けが——ここに訪れたのだ。


白い。

全てが白い。

白銀の光の奔流が、流星のように後方へ駆け流れる、純白の世界。

そんな世界の中で……エリエーテは誰へともなく呟《つぶや》いた。

「あはは……こんな〝剣〟があったんだね……」

そんな風に呟くエリエーテの顔は。

憑《つ》き物《もの》が落ちたかのように、とても穏やかで晴れ晴れとしたものであった。

「うん……わかってた……本当は……わかってたんだよ……」

エリエーテは剣を握った、己の手を見る。

無敵の真銀《ミスリル》で鍛造されたはずの剣が、白銀の光の奔流に押し流され……剣先からゆっくりと消滅していく。

「……【孤独の黄昏《トワイライト・ソリチュード》】……か」

どうして。

どうして、自分は、こんなに薄っぺらくてハリボテの最強剣を追い求めてしまったんだろう？　見たこともない、届かぬ〝天〟を見たいと思ったんだろう？

「……あ……」

ふと、脳裏に浮かんだイメージ。

白い光の奔流の中――ちらりと、その姿が……その背中が浮かんだ。

今はもう、全て〝削《そ》ぎ落として〟しまったから、思い出せないけど。

豪奢《ごうしゃ》な金髪と真紅の瞳を持つ――あの人。

魔術を極めるあまり、この世界の頂点にただ一人孤独に立つ――寂しげなあの人《セリカ》。

ひょっとしたら、自分は、ただあの人の隣に並び立ちたかっただけなのかもしれない。

あの人に、キミは一人じゃないよって言いたかっただけなのかもしれない。

あの人に……認めて、褒めて欲しかっただけなのかもしれない。

今、ふと、何か……そんな気がした。

「馬鹿だなぁ、ボク……」

そんな呟きを最期《さいご》に。

希代の英雄《剣の姫》エリエーテ＝ヘイヴンは……銀色の世界の中に、ゆっくりと押し流されていき……溶けるように消えていくのであった――……

――。

「リィエル！」

「リィエルちゃん！」

その二人の剣士の壮絶な戦いに、終止符が打たれた瞬間。

カッシュ達は、その場に前のめりに倒れ伏した、リィエルの下へ駆け寄っていく。

ボロボロと崩れていく大剣の傍《そば》のリィエルを、必死に抱き起こす。

「リィエル！　しっかりしろ！　リィエル！」

「リィエル……」

「リィエルちゃん……ッ！」

カッシュ達が、ぐったりとしたリィエルへ必死に呼びかける。

すると。

「……みん、な……」

にこり、と。

リィエルが……笑った。心から笑った。

「わたし……勝った……勝ったよ……」

「ああ、リィエルちゃんの勝ちだ……ッ！　文句なしだ……ッ！」

「貴女は、あの《剣の姫》に勝ったんですわ……ッ！」

「凄《すご》いよ……君は本当に凄いやつだ……友人として心から尊敬する……」

「ん……そう、よかっ……た……」

同時に。

……抜けていく。

リィエルの身体から……致命的な何かが抜けていく。

それが、わかる。

みんなには、残酷なまでにわかってしまう。

「わたし……がんばった……本当に……がんばっ……た……」

「ああ……ああ！」

「……グレン……褒めてくれる……かな……？」

「ああ、あったりまえさ！」

「ぐすっ……苺《いちご》タルト……たくさん奢《おご》ってくれますわよ、きっと……」

ぼろぼろと涙を流す生徒達。

そして……

リィエルが……ゆっくりと瞼《まぶた》を閉じていく。

その呼吸を浅くしていく……その鼓動を弱めていく……

その身体が……冷たくなっていく。

「……り、リィエル……ッ!?」

「なん……か……疲れちゃった……ん……すごく……疲れた……」

「あ、ぁあ……ああああ……ッ！」

「駄目……駄目だよ……リィエル……」

「……すごく……眠い……ん……少し……寝る……ね……、…………」

――――。

「……ここか……ッ!?」

「くっ……!」

フォーゼルとツェスト男爵が、その場に駆けつけた時。

そこでは二組の生徒達《たち》数名が、横たわる誰かを取り囲んで俯《うつむ》き、すすり泣いていた。

「――ッ!?」

「な、なんと……」

状況を察した二人は、立ち止まって硬直し……

そのまま何も言えず……目を閉じて俯くことしかできなかった。

カッシュ、ウェンディ、ギイブル、セシル、テレサ、リン……彼らに囲まれて、静かに目を閉じているリィエルは。

熱を失い、完全に呼吸と心音を止めて、永久の眠りについたリィエルは。

そのボロボロの身体《からだ》とは裏腹に、とても幸せそうな顔をしていた。

何かとても良い夢《い》でも見ているような……そんな顔だった——

「……お疲れ様……リィエル……」

「本当に……ありがとう……」

————。


「……パウエル」

血反吐《ちへど》を吐きながら、アルベルトが凄絶な表情で言った。

気の遠くなるような死闘と弛《たゆ》まぬ前進の果てに——

アルベルトは、ついにパウエルと至近距離で対峙《たいじ》していた。

アルベルトの伸ばした左手が、パウエルの顔面を完全に鷲掴《わしづか》みしている——

——パウエルの貫手が、アルベルトの鳩尾《みぞおち》を完全に貫通してもいるが。

ぼたぼたぼたーっ！　と、アルベルトの足元に血が零《こぼ》れていく……

「ほっほっほ……致命傷ですな？　アベル」

アルベルトに顔面を摑まれつつも、好々爺然《こうこうや》とした余裕の表情をまるで崩さす、パウエルが言った。

「死にますぞ？　〝青い鍵〟を使うなら今の内です。貴方《あなた》ほどの神秘に到達した者が、このような場所で喪《うしな》われてしまうのは……とても哀《かな》しいことです」

「礼を言う、ルナ＝フレアー」

パウエルの妄言にはまったく耳を貸さず、アルベルトは口の端から血の筋を垂らしながら言った。

「お前のお陰で……パウエルを〝捉えた〟。後は俺の仕事だ」

「………………」

その言葉に応えるべき当のルナは……アルベルトの後方で倒れていた。

ルナは見るも無惨《むざん》な姿にされていた。

全身を無数の槍《やり》で串刺しにされ、翼が三つ根元から食いちぎられている。自身が作った血だまりの中に沈んでおり、ぴくりとも動かない。

アルベルトからは、ルナが生きているのか死んでいるのか、見当もつかない。

「ふむ……またその〝右眼《みぎめ》〟で、私を理解するつもりですかな？」

「………………」

「何度やっても無駄なことです。人間という矮小《わいしょう》な身では、私を理解することなど、到底できません。正気を失って死を迎えるのがオチです。それでもやるのですか？」

答えず。

アルベルトが、ぶつぶつとなんらかの呪文を、小さく唱えていくと。

アルベルトの〝右眼〟が、金色の炎に燃え上がった。

その未《いま》だ鋭き瞳孔が、パウエルだけを真《ま》っ直《す》ぐに突き刺す——

「やれやれ、頑固者ですね。いいでしょう、やってみなさい。貴方の〝我〟は……私の深《しん》淵《えん》の闇に、はたして堪えられるでしょうか？」

「これで……終わりだ、パウエル……ッ！」

絞り出すように吼《ほ》えて。

アルベルトは、再びパウエルの深淵を直視する——

パウエルの瞳のその奥——

アルベルトの意識が、パウエルという存在の本質の中へ飛び込んでいく。

世界が——光の速度で暗転していった——■■■■■■■■■■■■■■

■■■■■■■■■■■■■■■■■■■■■■■■■■■■■■

■■■■■■■■■■■■■■■■■■■■■■■■■■■■■■

[redacted]

■■

■■

再び深淵の渦中《かちゅう》に飛び込む、アルベルトの意識。

その深淵の中を、アルベルトの意識は突き進む。

その深淵の主の輪郭を掴むために――ただ、ひたすら闇の中を突き進む。

理由もなくアルベルトの精神を蝕《むしば》む恐怖と絶望――それらを意識の力でねじ伏せ、アルベルトは愚直なまでに突き進む。

絶対の覚悟と信念をもって、突き進む。

前へ。

前へ。前へ。前へ。

前へ――奥へ――■■■■■■■■■■■■■■■■■■■■■■■■■■■■

■■

■■

■■

■■

■■

■■■■■■■■■■■■■■■■■■■■■■■■■■■■■■■■■■■■■■
■■■■■■■■■■■■■■■■■■■■■■■■■■■■■■■■■■■■■■

■■■■■■■■■■■■■■■■■■■■■■■■■■■■■■■■■■■■■■

……どれくらいの時間が経過しただろうか。

パウエルの本質を見極めようと……この深淵を覗《のぞ》き込み、藻掻《もが》き進みながら……一体、どれくらいの時間が経過したのだろうか。

一日？　一ヶ月？　一年？　十年？　百年？　千年？

あるいは──もっと？

わからない。

まったく何もわからない。

時間感覚がまったくない。

音がない。

相変わらず、昏《くら》くて何も見えない。

上下左右前後……方向感覚や平衡感覚すら曖昧だ。

だが、不退転の強き意志をもって深淵の先へ突き進む。

■■

……でも。

自分は……どうして、こんな場所にいるのだろうか？

（違う！　俺は、パウエルを倒スためにッ！　気をしっかり持て、惰弱者……ッ！　この程度の闇に呑《の》まれるな……ッ！）

アルベルトは己を叱咤《しった》し、さらに己が意識を深淵の先へと突き進める。

（パウエルは……ソの本質は……この深淵のさらに奥深くに必ズある……ッ！　臆すな……退《ひ》くな、退くナ……退くな……ッ！　前を、前だけを見据えろ——ッ！）

そう。

パウエルを倒すために。

パウエルを倒すために……自分はこの闇に呑まれるわけにはいかない。

厳然とした意志をもって、この果てしなき深淵を踏破しなければいけないのだ。

暗闇のさらにその果てを、見据えなければならないのだ。

■■■

だから、強い意志をもって深淵の先へ突き進む。

……でも。

なんのために、パウエルを倒そうとしてるんだろうか？

（何を蒙昧《もうまい》なコトを、俺ハ……ッ！　パウエルを、倒さネバ、フェジテが……国が……世界ガ滅ンデしまう……ッ！

そもそモ、俺ハ……託された……ッ！　この誓イを果たスためにも……ッ！）

そう。

自分は託されたのだ。

託されたモノは果たさねばならない。守らねばならない。

自分にとって、命をかけるに値する価値のあることなのだから。

ゆえに、強い意志をもって深淵の先へ突き進む。

■■■

……でも。
誰に、託されたのだろうか？
何を、託されたのだろうか？
■■
……思い出せない。
どうしても……思い出せないのだ。
記憶があやふやだ。過去があやふやだ。
自分という存在があやふやなのだ。
（ク、ソ……）
それに気付いた時。
アルベルトの心を、絶望的な焦燥が支配する。
（それガ……ドウした……ッ⁉）
だが、それでもアルベルトは強い意志をもって深淵の先へ突き進む。

（最早《もはや》、理由など知るカ……ッ！　ぱうえるハ……敵ダ……ッ！　俺ニトッテ、憎イ敵……滅ボスべき敵……ッ！　復讐《ふくしゅう》スベキ相手……ッ！　最愛の家族ヲ奪った……ッ！

それダケで、コノ深淵を踏破し……滅ぼす価値がアル……ッッッ！）

そうやって、強い意志をもって深淵の先へ突き進む。

突き進む。

……突き進む。

……でも。

最愛の家族って……誰だったか？

そもそも。

……パウエルって、誰だ？

（…………ッ！）

こと、ここに至り——アルベルトも認めざるを得なかった。

〝我〟が、崩れている。

アルベルトという存在の輪郭が、もう、どうしようもなく崩れている。

この深淵《しんえん》の中に、溶け消えかけているのだ――

最早、自分という存在が完全に消滅してしまうのは、時間の問題だ。

どんなに意志を強く保っても、それは敵《かな》わない。

深淵の果ては一向に見えない。まるで底がない。

最早、自分が何をしにここに来たのかすら、曖昧になってくる。

ただ、その先に進み、何かを為《な》さねばならない……そんな漠然とした使命感だけで、先へ、先へ、先へと進み続けてはいるが。

それも、いつまで保てることか……

■■■

■■■

■■■
■■■

[redacted]

[redacted]

……消える。

自分という存在が消えていく。

[redacted]という存在が……消えていく。

何もできずに。何も為せずに。

ただ、無意味に……深淵の底に呑み込まれて……闇に溶けて消えていく……

自分の手はどこだ？　足はどこだ？

そもそも、自分は誰だ？

……終わりだ。

（不甲斐《ふがい》ナイ……）

消えゆく自我の中で……漠然と[redacted]は考えた。

（大言壮語シテオイテ、ナンテ無様ダ……）

だが、思えば……これは当然の結末のようにも思えた。

(俺ノ〝我〟ハ、偽リダ……)

偽りの英雄■■■■■■■■であることに堪えられず、名乗った、演技した、作った、偽りの英雄＝■■■■■。

そんな惰弱な〝我〟しか保たない自分が、どうしてこんな深淵の中で〝我〟を保っていられるというのか。

無謀だった。自惚《うぬぼ》れていた。しょせん、英雄モドキだった。

こんな無様で不甲斐ない結末は……全てを欺き偽り続けた、自分への当然の報いだ。

(スマナイ……)

最早、誰へ、何に対するかもわからない謝罪の言葉が、心の奥底にぶくりと浮かぶ。

(……スマナイ……)

そして。

そのまま……

……■■■■■の存在が。

ゆっくりと……

……ゆっくりと……闇の中に溶け消えかけていた……

その時だった。

『ううん。たとえ、貴方《あなた》の存在が作り上げられた、偽りのものだったとしても』

『私は……そんな貴方を誇りに思うわ……[redacted]』

不意に……声が聞こえた。

女の声のような……気がした。

（……誰……ダ……？）

『大丈夫だよ。私が貴方を見てる』

女は答えず、穏やかに続ける。

『貴方は消えてなくなったりしない……たとえ、貴方が自分を見失っても……私達が貴方を見てる……貴方という存在を見守っているわ』

すると。

『[redacted]おにーちゃんっ！』

『がんばって！　まけないでっ！』

『兄貴はもっと強い男だったろ!?』

子供達《たち》の声が……聞こえる。

九人の子供達の気配を……この深淵のどこかに感じる。

『[redacted]兄ちゃんは、僕達の英雄なんだからっ！』

『[redacted]なんかよりも、よっぽどすごい英雄になる人なんだからっ！』

『だから……がんばって！』

『[redacted]おにーちゃん！』

『兄ちゃん！』

（………）

『ほら……みんな、貴方を見ているよ……[redacted]。貴方はここにいる。貴方はここに在る。私達が貴方を認識している限り……貴方は決して消えたりしない……』

女が優しく励ますように、[redacted]ル[redacted]トへ語り掛けてくる。

『ねえ、[redacted]。この世界に無駄なことはないの……貴方が歩んだ苦難の道は、何も無駄で無意味じゃない。この世界で悩み苦しみながら歩む果てなき道のりに、中途半端《ちゅうとはんぱ》なんて言葉は存在しないの。

偽りの英雄の仮面を被《かぶ》り、歯を食いしばって、頑張ってきたからこそ……貴方は、こうして、この深淵に挑む強さを得た。

それでも、貴方が[redacted]を捨てられずにいたからこそ……私達は、こうやって貴方を見つけて、見つめていられる。貴方の全ての葛藤が、貴方をここに立たせている』

ぽっ！

こんな深淵の中に、不意に光が灯《とも》った。

それは……アル[redacted]トの首下に着けられた……銀十字の聖印だ。

かつて、■■■だった頃の自分が、最愛の姉に贈ってもらった、形見の品だ。

それが……ほんの微《かす》かで弱々しく……それでもこの深淵の中にありては確かな、力強い光を灯している。

まるで、誰かをどこかに導くように——

『もう少し……もう少しだよ、■■■……頑張って……約束したんでしょう？　貴方を信じ、貴方に託した友達がいるんでしょう？』

（……ああ）

『彼の期待……裏切るわけにはいかないよね？』

（……そうだな……）

ゆっくりと……それでも、確実に。

アルベル■は……深淵を進んでいく。

もう……心細さは、不安は、何もない。

胸に灯る銀十字の光を寄る辺に。

アルベルトは、深淵の中を歩き続ける。

一歩、一歩。

確実に。

歩いて、歩いて、歩いて……

そして――

[redacted]

それは――アルベルトにとっては永遠にも近い、長い、長い……とてつもなく長い道のりだった。永遠の道のりだった。

されど――現実世界では一秒にも満たない、刹那の出来事――

――――。

「……〝視《み》えた〟ッ！　〝捉えた〟ぞ、パウエル……ッ！」

アルベルトが〝右眼《みぎめ》〟から大量の血を流しながら――鬼神の形相で、パウエルへ向かって叫んだ。

「貴様のその悍《おぞ》ましき〝本質〟ッ！　その名状《めいじょう》し難《がた》き全容ッ！　這《は》い寄《よ》りし恐怖、貌《かお》無き邪悪、宵闇ノ男、混沌《こんとん》の魔獣、嘆く暗黒――即《すなわ》ち〝無垢《むく》なる闇〟ッ！

この〝右眼〟で、確かに捉えたッ！」

「……な……ッ!?」

そう叫ぶや否《いな》や――

アルベルトが、パウエルの顔面を摑《つか》む左手に、壮絶な稲妻を張《みなぎ》らせた。

「ギャアアアアアアアアアアアアアアアアアアアア――ッ⁉」

パウエルの口から、初めて苦悶《くもん》の絶叫が上がった。

たまらず、パウエルはアルベルトを振りほどき――たたらを踏んで後退する。

ずぼっ！

アルベルトの腹部を貫通していた貫手が抜け、大量に血がぶちまけられるが……アルベルトは意にも介さず、パウエルだけを見据えている。

「……ば、馬鹿な……」

顔がボロボロ崩れていくパウエルが、動揺も露《あら》わに言った。

「確かに、私は〝私の本体〟から零《こぼ》れ落《お》ちた一滴の闇に過ぎません……ですが、たかが人間が、この私を〝理解〟した……だと……ッ⁉　正気を失わずに……ッ⁉」

「怪物は、人にその本質を理解され得ぬからこそ怪物たり得る。理解された以上、今の貴様は怪物の資格を失った。人のレベルに引《ひ》き摺《ず》り落とされたッ！　今の貴様は、無敵の怪物ではないッ！　充分滅ぼせる相手……ッ！」

「な、なぜ……〝青い鍵〟も使わずに……そのような脆弱《ぜいじゃく》で中途半端な〝我〟で、私の深淵《しんえん》を踏破することができたのです⁉　廃人にならずに済んだのです⁉　そんな都合の良《い》い奇跡など起きるわけ……ッ⁉」

その時、パウエルは気付いた。

アルベルトの胸元で淡く発光している銀十字を。

その光はほどなくして、ふっと消えたが。

「まさか、そういうことですか⁉ 私は、あの孤児院の九人の子供達の魂を取り込んだアリアを、自身の契約悪魔として我が深淵に飼っていた！ そのアリア達が⁉」

「理屈はどうでもいい……ッ！ ご託もういい……ッ！」

アルベルトが呪文を唱え、その左手に再び、壮絶なる稲妻を高め始める。

「貴様は――俺が斃《たお》す！ アリアの弟アベルとして……そして何よりも、アルベルト＝フレイザーとしてッ！」

その〝右眼〟がさらに、輝き燃え上がり――

アルベルトが、パウエルに向かって駆け出した。

「くっ⁉ 私はまだ、こんなところで倒れるわけには……ッ⁉

私には〝望み〟が……ッ！ せっかく、貴方という〝私〟に対抗し得る〝観測者〟を見つけたというのに……ッ⁉ 私を〝私〟から解放する手段を……ッ！ ぉ、おおお」

その時。

顔から崩れかかっているパウエルの姿が──変わっていく。

それは──一言で言えば、貌のない闇だった。

女のようでもあり、男のようでもある。

触手があるようでもあり、翼があるようでもあり、無数の目があるようでもあり、無数の口があるようでもあり、無数の手足があるようでもある。

何者でもありながら、何者でもない。

まさしく、混沌を無理矢理人型に納めたような……背徳的で冒瀆《ぼうとく》的な化け物。

アルベルトの〝右眼〟によって神性を奪われた、とある外宇宙の邪神の眷属《けんぞく》。

それが闇の翼を広げ──アルベルトに向かって、文字通り光を超えた凄《すさ》まじい速度で襲いかかってくる──

──だが。

「〝視えてる〟。そして──容易《イージー》だ」

ごっ！

アルベルトは、そんな異形の怪物へ稲妻を込めた左拳を、カウンターで合わせた。

硬直するパウエル。

そして――

「消えろぉおおおおおおおおおおおおおおおお――ッ！」

アルベルトが、最後の気迫と共に。

全身全霊の魔力を解放する。

左拳から炸裂《さくれつ》する稲妻が、世界を白く染め上げる。

闇を祓《はら》う正しき光となりて、パウエルという存在を呑《の》み込んでいく――

『あｑｓｗでｆｒｇｔｈｙじゅきぉdf67ギィ禹ウェgmhw⑨hp⑨Ｐンpr符明ｗッＲンcqh気御ＨＲ気運ｃｇｈｐｇｈッｇｈくぉｒｇｈポロ医ｇｑｆ〜〜〜ッ⁉』

上がる断末魔は、最早《もはや》、人の声でないナニカの音。

空気の振動ではなく、魂に直接響く、ナニカの音。

そのまま世界が白く染まって。

白く、白く、染まっていって――

パウエルという存在がどうしようもなく、ボロボロ崩れていって――

そして――……

第七章　希望の灯火

黒い魔力の激風から眼《め》を守ろうと、イヴが右腕を目元に掲げる。

魔導士礼服の裾が、ばさばさばさーっ！　とはためく。

イヴが鋭く見据える先にいるのは——エレノアだったナニ、カだ。

倍ほどに脹《ふく》れあがった体軀《たいく》。醜い髑髏《どくろ》のような双眸《そうぼう》。異様に長く巨大な手足、全身を覆い包む襤褸《ぼろ》の漆黒法服。背中に大きく広がる骨の翼、その手に携えた大鎌——何よりその全身から漲る圧倒的な魔力。

「……くっ⁉」

イヴには、当然、そんな異形と化したエレノアの姿に、心当たりがある——

「魔将星……ッ！」

『ええ、そうですわ……この私が《冥法死将》ハ＝デッサ！　魔都メルガリウスと冥府の境界を司《つかさど》る死の番人……八騎の魔将星、最後にして〝最強〟ですわ……ッ！』

ぎり、と。

その奈落の眼光に、イヴへの隠しきれない憎悪《ぞうお》の炎を燃やし……エレノア……否、ハ＝デッサが、イヴを睨《にら》み付《つ》けた。

『最初から……最初からこうしておけば……よかったですねぇえええええええええええええええええええええええええええ――……ッ！』

「………ッ!?」

果てしなき厭悪《えんお》と憎悪と憤怒《ふんぬ》の爆発が、イヴの肌をビリビリと震わせた。

と、その時だった。

「イヴさんっ！」

「おおうっ!? こっちはいよいよ佳境じゃなぁ!?」

クリストフやバーナードが。

「室長！　加勢しますっ！」

エルザが。

「イヴ！　無事か!?」

クロウやベアが。

「「「うおおおお、閣下を援護しろぉおおおおッ!」」」

帝国軍将校や兵士達《たち》が。

イヴとエレノアが死闘を繰り広げていたこの大広場へ、続々と駆けつけ始めていた。

「……みんな⁉」

「都市内へ攻め込んだ外道魔術師は、全て撃破しました!」

「イヴちゃんの策がバッチリ決まったわい!」

「浮いた兵士や合流保護した学徒兵達で、城壁の守りや都市内の各要地を再び固めているところだ! なんとか押し返しているぜ!」

「後は、エレノアを倒すだけです!」

みんな、目前に迫った勝利の予感に、どこか希望に満ちた表情をしている。

(だけど……)

イヴは腹立たしい思いで……エレノアを流し見る。

否、最後の壁にて絶望——《冥法死将》ハ=デッサを。

「って、アレがエレノアか？　なんだ？　バケモンじぇねーか？」

「な、なんなんだ……？」

「ま、まさか……アレは……ッ!?」

エレノアの異様な姿に、帝国軍に動揺が走り始める。

今のエレノアが普通でないことは、本能でわかるのだろう。

（アレを殺すのか？　本当に殺せるのか？　七万五千六百六十二回も……ッ!?）

イヴが歯噛《はが》みする。

救援が来てくれたのはありがたいが……実際、状況は何も好転していない。

イヴは以前、魔将星と戦ったことがある。連中は次元が違う。正真正銘の化け物だ。

対魔将星戦は、基本的にグレンかルミアがいなければ、勝負にならない。

人を、魔人と戦える領域にまで押し上げるルミアの《王者の法《アルス・マグナ》》。

あるいは、固有魔術《オリジナル》【愚者の一刺し《ペネトレイター》】──アレだけが、唯一魔将星に致命傷を与えられる手段。

否《いな》──このエレノアを相手するなら、それも難しい。

いくらなんでも、【愚者の一刺し《ペネトレイター》】を七万発以上も用意できるわけがない──

（くっ……どうしたら……ッ!?）

イヴが絶望的な焦燥感の中――必死に思考を巡らせていると。

『あらあら？　どうやら、私以外の組織の魔術師は壊滅してしまったようですね』

異形と化したエレノアが低く笑った。

『一体、パウエル様はどうしてしまったのでしょうか？　エリエーテ様も、先ほどからまったく音沙汰ありませんね……まさか、敗れてしまったのでしょうか？

まぁいいでしょう……元々、大導師様には私一人……ええ、私一人いれば充分でしたのですから……ッ！』

そう宣言して。

エレノアがその骨くれの悍《おぞ》ましき翼を大きく広げ――

そして、その全身から――異様な赤黒き瘴気《しょうき》を一斉に周囲へ放射した。

それが――エレノアを中心に爆発的に広がっていく。

ぞくり。

イヴの背筋を駆け上る、濃厚なる〝死〟の気配。

「……ッ⁉」

あれに触れたら、即死――そんな直感に衝《つ》き動《うご》かされ、イヴは自身とその周囲を守るような形で、咄嗟《とっさ》に炎壁を展開する。迫り来る瘴気を焼き払う。

その直感と判断は、結果的に大正解だった。

瘴気に触れた周囲のありとあらゆる物が……腐って、崩れ落ちていく。

街路樹はあっという間に枯れ果て、建物は瞬時に風化し、ボロボロに朽ち果てていく。

そして、当然──


「ギャアアアアアアアアアアアアアアア──ッ⁉」

「うわぁあああああああああああああああああああ⁉」

「お、俺の腕が……足がぁああああああああ──ッ⁉」

「ああ、腐る⁉　腐っていく……ッ⁉」

「あぁあああああああああああ──ッ！　身体《からだ》が、身体が崩れ……ッ⁉」


イヴが守りきれなかった兵士達が次々と朽ち果てていく、崩れて土に還《かえ》って逝《ゆ》く。

人がゴミのようにボロボロと死んでいく──冥府の底のような地獄絵図。

「くっ⁉　なんですか、これ⁉　僕の防御結界すら朽ち果てて……ッ⁉」

クリストフも咄嗟に、友軍を守るために宝石結界を投げ放ったが、まるで効果がない。

宝石が腐り果て、魔力が消滅し、防御障壁がボロボロ為《な》す術《すべ》なく崩れていく。

それは、他の帝国軍兵士達も例外ではない。

必死に命からがら魔力障壁を張ったのに、障壁そのものが腐り果て……そして、瘴気に突破された兵士達は悲鳴を上げて転げ回り、土へと還っていった。

防げたのは──イヴの炎だけだ。

「火よ！　炎熱系魔術で相殺《そうさい》なさいッ！」

イヴが魔力全開で炎壁を展開しながら、叫ぶ。

「魔力はマナ──生命力よ！　それじゃ、あの化け物の攻撃は防げないッ！　純粋なる火で焼き払うのッ！」

大狂騒と大混乱の中に、イヴの声はいくら届いているのだろうか。

「火を使えぇええええええ──っ！」

それでもイヴは声のあらん限り叫び続ける。

だが、即応できたのは、クロウやベアを筆頭とする、ごく一部の実力ある連中だけだ。

死ぬ。せっかく集った兵士達が、狂騒と混乱の中で死に続けていく……

『ふふふ……さすがですね、イヴ様……私の力を一目で看破しましたか……』

だらりと手足を下げた奇怪な格好で、エレノアが低く笑う。

『そう……この瘴気は私の血液……そして、私の血液に触れた者は須《すべから》く等しく〝死の滅び〟を与えられる……冥府の番人を務める魔将星の意味、ご理解いただけましたか？』

「くっ……」

『そして……貴女《あなた》達にさらなる絶望をお見せしてさしあげましょう……』

そう言って。

エレノアが……ばっ！　と手を広げ、呪文を唱える。

その呪文と格好は――エレノアが死霊術《ネクロマンシー》を行使する時のものだ。

「ま、まさか……」

唖然《あぜん》とするイヴの前で。

エレノアの周囲に無数の魔術法陣が展開され、展開され、展開され――

門が開く、開く、開く、開く、開く、開く、開く、開く――

エレノアの死霊術《ネクロマンシー》によって召喚され、イヴ達の目の前に現れた者達は――

同じくハ＝デッサと化した無数のエ、レ、ノ、ア、だった。

「嘘《うそ》よ……ッ！　こんな馬鹿なことが……ッ⁉」

「あら？　何もおかしいことはありませんわ」

今まで自分に煮え湯を飲ませ続けてきたイヴが狼狽《うろた》える様に気分をよくしたらしい。

エレノアが饒舌《じょうぜつ》に語り始める。

「本来、私の死霊術《ネクロマンシー》で召喚するのは、かつてあらゆる死因で殺された、並行世界の私達でございます。つまり、この私自身が〝鍵〟を受け入れたということは、同位体存在であるこの子達も、〝鍵〟を受け入れたということ……」

「…………ッ⁉」

イヴは、続々と召喚されてくる、新手の異形のエレノア達を見つめる。

全身が腐敗し、まるで闇に塗り潰されたように黒いという点を除けば、その姿形は、ハ＝デッサと化したエレノア本体と何も変わらない。

さすがに元が死体のせいか、本体と違って幾分か力は弱いようだが……それでも、文字通り腐っても、魔将星だ。

常人には及びもつかない馬鹿げた魔力を持っているのは、目に見えてわかる。

ばっ！　ばばばっ！

新たに現れたエレノア──黒エレノア達が次々と翼を広げ、上空へ飛び立つ。

空を徐々に埋め尽くし、空から眼下の哀れなる帝国軍を見下ろしてくる。

そして、その黒エレノア達の一体一体が、眼下のフェジテに向かって大鎌を振るい──

黒い斬撃を次々と放ってくる。

炸裂《さくれつ》。切断。衝撃音。

無数の斬撃にフェジテがズタボロに斬り裂かれ、大炎上する——

瞬時にフェジテから消える無数の命達。

さすがに一度に全てを召喚することができないらしいのは幸いだが、黒エレノア達はこうしている間にも、一体、二体、三体と続々増えていく……

一体だけでも決死の死闘が必須なのに……これでは。

そもそも、一体、二体倒したところで……エレノアが所持している自己同位体存在の死体の数は——……

「これが……大導師の最後の一手か……」

イヴが悔しげに歯噛みする。

そう。あの悍ましき〝鍵〟を託す相手として、エレノア以上の適任はいない。

つまり——最初から、エレノア一人で全てこと足りたのだ。

だが、大導師はそれを最後の最後まで伏せた。今まで、エレノアがまったく〝鍵〟の存在について匂わせなかったのも、恐らくそのため。

もしかしたら、パウエルやエリエーテすら……大導師にとっては、ただの布石だったのかもしれない。

全ては、ありとあらゆる思惑の上を行って……自分が頂点に立つために。

そのために、数千年以上の時間をかけて——……

『この戦いも終局《フィナーレ》です！　最後は総勢七万五千体を超える私達《たち》が、総出でお相手いたしますわ！　勇猛果敢なる帝国の皆様がた！』

「こ、こんなの……」

「……どうしろと……？」

どんな絶望的な状況にありながらも戦い続けてきた、帝国軍の歴戦の猛者《もさ》達の誰もが、その場に、呆然《ぼうぜん》と膝を折るしかなかった——

——ただ一人を除いて、

——。

フェジテの上空に出現した、無数の魔人の姿。

ことここに来て、さらなる新手。さらなる強敵。

空を埋め尽くすその異様に──その時、フェジテの誰もが震撼《しんかん》し、絶望した。

「終わりだ……もう……終わりだぁ……」

フェジテ各所拠点を守る帝国軍兵士達が、防衛も忘れて膝をつく。

「う、ぁあぁぁぁぁ……」

「ま、マジかよ……」

「そ、そんなのって……ないですの……」

「はー、ずっる。チート乙」

帝国軍と合流し、大通りで死者達の進行を防いでいた、コレットやフランシーヌ、ジニーらが空を見てぼやく。

「ここまでですか……？」

「くそがぁ……ッ！」

「くっ……無念ですね……これは……」

防壁奪還戦に参加していたリゼやジャイル、レヴィンすらも眼前の絶望に歯噛《はが》みする。

「こ、これは……」

「ふっ……天才たる我々の力をもってしても、どうしようもないな」

合流してフェジテ各地を遊撃転戦していたハーレイとオーウェルも、無念そうにため息《っ》を吐く。

「ひぇえええええええ!? な、ななな、なんですかぁ、アレェ!?」

「……くっ!? せめて、市民の避難誘導を……ッ!」

「しかし、どこへ逃げろと!?」

市内で必死に市民達を守って戦っていたロザリーやテレーズ、ロナウドらフェジテ警備官達も震えて硬直するしかない。

「ふん……こりゃー、詰んだわね……」

イリアも、どこかの建物の屋根の上に寝転び、投げやりに頭上の破滅を見上げている。

「ま、結局こうなるよね……わかってたけどさ」

そうして、どうでもよさげに鼻を鳴らすのであった――

そして――

――。


――某所にて。

眼下――否《いな》、頭上の光景を悠然と見下ろしていた、その少年――大導師は悠然と呟《つぶや》いた。

「うん、ついに成った。終わりだね」

そこは天地逆しまの幻城――メルガリウスの天空城外苑《がいえん》部。

そこから、頭上に広がるフェジテ落日の光景を見上げながら、大導師フェロード＝ベリフは満足そうに呟いた。

「これで、ついに【聖杯の義式】は成る。エレノア……いや、ハ＝デッサと死者の軍団が、あのフェジテという祭壇に載せられた命を片端から潰して捧《ささ》げ……幾星霜《いくせいそう》に渡って仕込み続けてきた、僕の悲願は……ついに達成される」

振り返れば。

背後のメルガリウスの城の表面には、無数の不可解な魔術式が走っており……今、壮絶な魔力を張《みなぎ》らせて、不穏に駆動していた。

「正直、ここまで粘られるとは思わなかったけど……この最後の最後のルートまで来るとは思わなかったけど……まぁ、結局、僕の思惑勝ちだったね。

ああ、長かった……僕はついに、この世界を救えるんだ……ッ！」

そんな晴れやかな歓喜の表情で。

大導師は満足気に、頭上を仰ぎ続けるのであった——

——。

アルザーノ帝国魔術学院本館校舎の、とある貴賓室のテラスにて。

「詰《チェックメイト》み、かねぇ？」

ことり、と。

テラスの外の様子を遠く流し見ながら……ルチアーノ卿《きょう》が空になったワイングラスをテーブルに置き、肩を竦《すく》めた。

「惜しかったなぁ……もうちょっとだったんだがなぁ……？」

そんなルチアーノ卿の言葉に、エドワルド卿も、リック学院長も無念で俯《うつむ》く。

「あなた……」

「……大丈夫じゃよ、セルフィ」

リックの契約精霊のセルフィーナが、リックを慰めるように寄り添う。

ただ——

「…………」

アリシアだけがテラスの上に毅然《きぜん》と立ち、フェジテが破滅に向かう眼前の光景を、ただじっと見つめ続けていた。

「……陛下。ここも、じきに戦場になりましょう」

「ですな……あの上空の魔人ども……いつ、舞い降りてここを襲うやもわかりませぬ」

エドワルド卿とリックが、アリシアの背中にそう言葉をかけた。

「終わりです。陛下はよくお務めをを果たされました。もう充分でございましょう？　ここを放棄し、退避いたしましょう。せめて……この老骨めが最後までお供いたします」

だが、そんなエドワルド卿へ。

「いえ、まだです」

アリシアは毅然とそう言った。

「……陛下？」

「まだ、戦いは終わっていません。終わっていない以上、この私がここを退くことは、断じてありえません」

「し、しかし……もう、策は何一つないのですぞ⁉」

エドワルド卿が慌てて、アリシアを諫《いさ》める。

「確かに、イヴ元帥は我々の想像を絶して、よくやってくれました！　ですが、敵はそれをさらに上回る悪魔的巨悪だったのです！

最早《もはや》、戦の趨勢《すうせい》は決しました！　勝負はついたのです！　だから──……」

「あの子は……私が元帥に任命した、イヴという子は……ここで終わるような弱い子ではありません」

「「「──ッ⁉」」」

アリシアの力強い言葉に、エドワルド卿、リック学院長、ルチアーノ卿が目を瞬《しばた》かせる。

「確かに精神的に脆《もろ》い子でした。色々な柵《しがらみ》に縛られ、自分でも知らずうちに、自身の器を狭めていた……そんな子でした。でも、今のあの子は違います。

私が信じて、帝国軍元帥を任じたあの子は……イヴ＝イグナイトは違います」

「へ、陛下……」

「まだ、戦いは終わっていません。いえ、たとえどんな形で終わったとしても、私がここを動くことは未来永劫《えいごう》ありえません！」

すると。

「……だな」

ルチアーノ卿がにやりと笑って、空のグラスに残った最後のワインを注ぎ始めた。

「俺達、役立たずのロートルが若ぇモンを信じてやらねえで、どうするよ？」

「る、ルチアーノ卿……」

「お付き合いいたしますぜ？　陛下」

すると、そんなルチアーノ卿の言葉に、エドワルド卿とリック学院長が顔を見合わせて、苦笑して。

最早、何も言わず、アリシアの左右に並ぶのであった。

そして、アリシアは破滅に向かうフェジテを、臆せず真《ま》っ直《す》ぐ見据えながら物思う。

（イヴ……貴女《あなた》を信じています。

家名は滅びど、貴女の……イグナイトの炎は不滅だと。

私は、そう信じていますから。
だから、どうか……負けないで……)
――――。
真なる絶望がフェジテを支配した。
誰もが膝を折った。
誰もがもう駄目だと諦めた――その時だった。
轟《ゴウ》ッ！
天を衝《つ》く巨大な紅炎が、幾条《いくすじ》も上がった。
フェジテ中を照らす、白に近い紅蓮《ぐれん》の熱波。
それらが、空を飛ぶ十数体の黒エレノアを捕らえ――瞬時に焼き尽くして落とす。
「な……ッ⁉」
「あ、あれは……ッ⁉」

「今のは……ッ⁉」

驚愕《きょうがく》に戦《おのの》く帝国軍の兵士達《たち》。

その注目が集まる先に——一人の眩《まばゆ》き炎の化身が存在した。

「眷属秘呪《シークレット》【第七園】ッ！　領域再編完了ッ！」

イヴだった。

誰もが諦め、絶望し、膝をつき、聖句を唱え始めていた中——

イヴだけが己の倒すべき敵を見据え、戦う態勢を着々と整えていた。

ただ一人、膝を折らず、凜《りん》と戦場を睥睨《へいげい》していたのである。

『おやぁ？　イヴ様……まだ戦うおつもりですか？』

「はぁあああああああああああ——ッ！」

これが答えだと言わんばかりに。

イヴが再び、超高熱の炎嵐《えんらん》を巻き起こす。

白に近い紅蓮が、壮絶な熱波と唸《うな》りをあげて、本体のエレノアを容赦なく呑《の》み込み——

焼き尽くす、焼き尽くす、焼き尽くす。

当然、焼き尽くされながらも復活するエレノア……

『うふ……うふふふ、お見事……この土壇場《どたんば》で、また少し火力が上がりましたね？　先ほどよりも、私達が焼き殺される速度が上昇しました……ですが……ッ！』

エレノアがゆらりとその異様な両腕を広げ、魔術法陣を展開する。

再び──

彼女の周りに黒エレノア達が、闇から産み落とされるように現れる。

今度現れた数は、先ほどの比ではない──……

『もう、聡明《そうめい》なる貴女様ならおわかりいただけたでしょう？　もう、意味がないのです！　戦いは終わりました！　貴女達は確定された死を受け入れ──……』

「ぁあああああああああああああアアアアアアアアアアア──ッ！」

イヴが全身を投げ捨てるように、炎を放つ。

熱波が──まるで壁のような圧倒的火炎波が、エレノア達を正面から殴りつけ、物理的に押し潰し、刹那、燃やし尽くし、吹き飛ばしていく。

されど、これだけの火力を無尽蔵にぶちまけながら──その火勢は味方にはまったく牙を剝《む》かない。

触れても、心地好《よ》い熱さを感じさせるだけで――火傷《やけど》一つすら負わせない。

『熱ベクトルを完璧に制御した炎……ッ⁉　私達だけを焼いて……ッ⁉』

「しぃいいいいいいいいいいいいいいいい――ッ！」

さらにイヴが左右の腕を縦横無尽に振るい、炎を振るう。

さらに、さらにイヴが炎を撃つ。投げ放つ。叩《たた》き付《つ》ける。薙《な》ぎ払《はら》う。

轟音《ごうおん》。轟音。轟音。炎の咆哮《ほうこう》。

その都度、エレノア達が蹴っ飛ばされたように、吹き飛ばされ――次の瞬間、灰になっていく。

様々な温度帯の超高熱炎が織りなす七色の芸術。

赤と、白と、橙《だいだい》と――世界が、空が、まるでカレイドスコープのように鮮やかに照らされ、燃え上がる――

その炎の揺らめきは。燃ゆる炎の輝きは。

それはそれは、この絶望的な状況にありて……なんとも――

「う、美しい……」

誰が、そう呟《つぶや》いたか。

それは、その場の帝国軍のみならず、空を見上げる生き残ったフェジテ市民達全ての総意であった。

『馬鹿な……ッ⁉　勝負は決しました……抵抗なんて無意味……ッ！　貴女がそうやって命を燃やし尽くす思いで攻撃したって全て無駄……ッ！　私達を全て燃やし尽くす前に……貴女が燃え尽きる……ッ！　なのに、なぜ……ッ⁉』

乱舞する炎の渦に巻き込まれ、翻弄されながら、エレノアが焦《あせ》ったように叫ぶ。

別に、窮地に追い詰められたからではない。

確かに、自分という存在の残機は順調に減っていっているが、死滅にはまだ程遠い。

問題など何一つない。

エレノアのその焦りは、イヴの行動が心底理解できないからである。

そして。

イヴは、そんなエレノアに一切応じず……叫んだ。

「臆するな！　抵抗しろ！」

「「「――――ッ⁉」」」

イヴの叱咤《しった》に、とうに疲れ果て、心折れて諦めていた帝国軍兵士達が、横頬を打たれたように、はっと硬直する。

「座して死ぬな！　務めを果たせ！　勝利の女神は、自ら膝を折る者には決して微笑《ほほえ》まない！　戦え！　戦って死ね！

されど心萎えた者は、我が炎を見よッ！　打ち拉《ひし》がれた者は、我が熱を感じよッ！

私の魂は……私の命は、まだ燃えているッ！　この炎が消えない限り……貴方《あなた》達に……我々帝国軍に敗北は決してない……ッ！

そして、約束する！　私は最後の最後まで燃える！　燃え続ける！　燃えて、皆を照らし輝く灯火となる！」

そして、イヴは頭上に両手を掲げ、その先に一際《ひときわ》超高熱で巨大な火球を生み出していく。

まるで天空に輝く太陽のような輝きが、明るくフェジテを照らし上げる――

「さぁ、同志諸君ッ！　今こそ、貴方達の魂の炎を燃やす時ッ！

貴方達が絶望と苦難に立ち向かう意志の先に、私はいるッ！　私に続けぇええええええええええええええええええええええ――ッ！」

そう宣言して――

イヴが巨大火球をエレノアへ投げ放つ。

イヴの支配領域【第七園】内において、あらゆるイヴの炎熱系魔術は必中だ。

当然、為《な》す術《すべ》もなく、エレノアはその超高熱火球をもろに喰《く》らって——

『ギャアアアアアアアアアアアアアアアアアアアアア——ッ⁉』

轟音と共に天高く衝き上がる紅炎の火柱に悲鳴を上げて呑み込まれていく——

そして。

それは——狼煙《のろし》だった。

「……お……」

「おお……」

「う、……」

絶望に染まっていた帝国軍兵士達の目に、徐々に光が戻り……その心が、イヴの炎に触発されるよう再び燃え始めていき——

「「「ゥオオオオオオオオオオオオオオオオオオオオオ——ッ！」」」

全軍一斉に、ときの声を上げて、攻撃行動を始めるのであった。

誰もが、残り少ない魔力を振り絞って呪文を唱え——魔術を放つ。

稲妻、火球、風の刃《やいば》——

一つ一つは威力こそ小さいが、それらは空のエレノア達へと殺到し——確実にエレノア達へのダメージとなっていく。

『わけがわかりません……』

空に吹き飛ばされていたエレノアは翼を広げ、眼下の小さき者達を見下ろしながら、唖《あ》然《ぜん》とぼやいた。

『力の差がわからないのですか？　わかってわからぬ振りをしているのですか？　現実逃避ですか？

貴方達がそう必死になって私を攻撃したところで……今、ようやく私が八回……いえ、九回？　死んだかってところです。

後、七万五千回以上……そんな有様《ありさま》でどうやって倒しきるつもりで……？』

苛々《いらいら》する。エレノアは眼下の小さき者達に苛立ちを抑えきれない。

そもそも、完全に死に体だった帝国軍が、こうして奇跡の息を吹き返したのは……

『あの女……イヴ……ッ！』

当のイヴは、先ほどからひっきりなしに炎を撃ち上げ——しつこいくらいに、自分を焼き続けてくる。

まったくいい加減、鬱陶《うっとう》しいったらありはしない。

『そもそも……あの御方《おかた》、土壇場でこのような強さを見せるような人ではなかったはず……ッ！ もっと脆《もろ》くて……もっと弱くて……ッ！』

また、だ。

真《ま》っ直《す》ぐこちらを見上げてくるイヴの姿に。

あの男が——グレン＝レーダスの姿が被《かぶ》る——

『おのれ、また、貴様かぁあああ——ッ⁉』

どこまでもしつこくついてくる、忌々《いまいま》しい男の影を振り払わんと。

エレノアは自分の周囲に、大量の黒エレノアを瞬時に召喚する。

これまでのような手加減はしない。

まるで流星雨のような勢いで、新たな黒エレノア達が舞い降りてくる——

『殺す！　殺す、殺す殺す殺す殺す！　大導師様のために！　大導師様の悲願のために
……そして、何よりも……私達のためにぃいいいいいいいいいいいいい──ッ！』

エレノア達《たち》が放つ黒い斬撃乱舞が。

まるで、雨霰《あめあられ》とフェジテ中に降り注いでいく。

そして──

『イヴゥウウウウウウウウウウウウウウウ──ッ！』

骨の翼をはばたかせ、エレノアは眼下のイヴへ向かって直滑降するのであった──

「やぁあああああああああああああああああああああああ──ッ！」

ことここに至り、イヴの炎はさらなる境地に至った。

さらに強く、さらに熱く燃え輝く。

薙ぎ払う炎が、巻き起こす炎が、立ち上る炎が、まるで太陽のように輝き、迫り来る黒エレノア達を次々と焼き払っていく。

「イヴさん！　ご指揮を！」

クリストフが宝石結界を展開して、味方を援護しながらイヴへ采配を求めた。

「エレノア本体は私に任せなさい！　貴方達は、周りの黒エレノアの迎撃に専念！」

炎を巻き上げる手をまるで緩めず、イヴが叫ぶ。

「幸い、あの死の瘴気《しょうき》は魔将星と化したエレノア自身の血による能力ッ！　つまり、元が死体である黒エレノアにはないッ！

それでも馬鹿げた魔力と破壊力を持ってるけど、それはそっちでなんとかしろッ！」

「わ、わかりました……ッ！」

「し、しかし、イヴちゃん……勝ち目はあるんかいの⁉」

背後からイヴに襲いかかった黒エレノアを鋼糸で搦《から》め捕りながら、バーナードが叫ぶ。

「イヴちゃんの発破のお陰で、今はノリと勢いでなんとかなっているが……そんなに長くは保《も》たんッ！　敵の数は増え続けておる！」

「申し訳ありませんが、室長ッ！　我々が撃破する速度以上に、敵が増える速度の方が速いです……ッ！」

抜刀一閃《いっせん》――

エルザが跳躍と共に、迫り来る黒エレノアの首を居合い斬りで刎《は》ねた。

「このままでは……ッ！」

そんなバーナードやエルザの指摘に、イヴが改めて頭上を見れば、確かにその通りだった。空のあちこちに、魔術法陣が新たに展開され――続々と新しい黒エレノアが骨の翼を広げて舞い降りてくる。

だが——

「勝ち目なら——ある……ッ！」

イヴの理屈を超えた揺るぎなき言葉が、今、フェジテで戦う全ての帝国軍の魂を打つ。

「そのためには、黒エレノアと戦っている暇がないッ！　だから、貴方達の力が必要なの……ッ！　みんな、私に力を……力を貸して……ッ！」

そんなイヴの求めに。

「「「ぉおおおおおおおおおおおおおおおおおおおお——ッ！」」」

帝国全軍一丸となって呼応する。

さらに帝国軍は、その勢いを増して——黒エレノア達との戦いへ挑み始めた。

そして、イヴは変わらず炎を放ちながら——自身の中で術式を即興改変し始める。

(燃やせ、燃やせ、もっと熱く、もっと強く、もっと——)

自身の血の中に通う術式を爆熱沸騰させる。

眷属秘呪《シークレット》【第七園】。

イグナイトが、遥《はる》か太古より少しずつ改良と改変をその血に積み重ね、連綿と受け継いできた誇り高き魔術。

その術式に極限まで魔力を通し、励起し、燃え上がらせる。

全身の血がまるで燃え上がるように沸騰する感覚の中、それでも氷のように冴《さ》え渡《わた》った思考に従い、イヴが魂のままに炎を振るう、その最中。

イヴは、その渦中《かちゅう》に己が血の中に眠る、誰かの旧《ふる》い記憶を垣間見《かいまみ》る。

まるで白昼夢のような、その光景は——……


——あ、ありがとうございました！　私を助けてくれて、本当にどうもありがとう、空《セリカ》様のお弟子さん！

——私、感動しました！　誰かのために戦うって……誰かを守るために戦うって……こんなにも、胸が熱く打ち震えることだったなんて……

——私も……いつか、あなたのような人になりたいです！　誰かを守って……誰かの希望の灯火となれるような、そんな人に……ッ！

——私、イーヴァです！　イーヴァ＝イグナイト、って、いいますッ！

——いつか……また、いつか、あなたと会えますかっ⁉

〝……会えるさ〟

（……ッ⁉　あの背中は……ッ⁉）

不意にイメージの中に現れた、どこか見慣れた背格好に、イヴは思わず苦笑する。

なぜ、あのいけ好かない男の姿が過去に見えたのかわからないが……まぁ、なんとなく、そういうことなのだろうと、イヴは悟った。

イグナイトの眷属秘呪《シークレット》【第七園】は、先祖代々イグナイトがその血の中に受け継いできた魔術式だ。その思いや記憶を受け継いでいても不思議ではない。

恐らく……遥か大昔の、あの日の出会いが、あの時の小さな少女の憧れが……イグナイトの始まり。出発点。

そして――今の自分を形作る礎《いしずえ》。

（まったく……貴方《あなた》って人は、つくづく……ッ！）

新たに沸き上がる力と共に――

イヴはさらなる炎を振るう。さらなる熱を昂《たか》ぶらせる。

（私、貴方のようになれたかしら？　誰かの希望の灯火となれたかしら？　ねぇ……グレン……ッ！）

そう思って、炎を振ると同時に。

『イヴゥウウウウウウウウウウウウウウ――ッ！』

骨の翼をはばたかせ……エレノアが、イヴへ向かって直滑降してくる。

「フゥウウウウウ――ッ！」

イヴが迎撃の爆炎を返す。

派手に爆破大炎上しながらも、エレノアが突っ込んできて、イヴにその魔力の漲《みなぎ》る大鎌を薙《な》ぎ払《はら》う――

「たぁあああああああああああああ――ッ！」

イヴが獄炎を振り放ち、さらに相殺《そうさい》する。

大爆発。

『ァアアアアアアアアアアアアアアアア――ッ！』

さらに大鎌を返すエレノア。

咄嗟《とっさ》に身を翻《ひるがえ》し、爆炎を合わせるイヴ。

大爆発、大爆発、大爆発――エレノアの攻撃を悉《ことごと》く爆破。

ならばと、エレノアが全身から死の瘴気を放とうとすれば――

「させるかぁああああああああああああ──ッ！」

イヴが左手を振りかざし──全方位殲滅《せんめつ》火炎放射がそれを容赦なく焼き払う。

『おのれ……小癪《こしゃく》な……こしゃくな……コシャクナぁあああ──ッ⁉』

「……ふぅ……ッ⁉」

イヴとエレノアが、超至近距離で炎と大鎌をぶつけ合う。

互いに一歩もひくことなく、壮絶なる熱と刃を応酬する。

応酬しながら、エレノアが吼《ほ》える。

『勝てると思っているのですか⁉　まだ、後、七万五千回以上残っていますが⁉』

「勝てる！　勝つッッッ！」

イヴは炎の津波でエレノアを押し流しながら、厳然と宣言した。

『あははははっはははははは──ッ⁉　一体、どうやって⁉　どうやって⁉』

「答えは──私の血の中にあったわ！」

『──ッ⁉』

驚愕《きょうがく》で言葉に詰まるエレノアを前に。

戦うイヴの熱く燃える思考の一部──そこだけ氷のように冴え渡る思考が、冷徹に答えを算出する。

先の『炎の一刻半』にて、イヴがリディアと戦った時。

あの時、イヴがリディアを利用して放った《無間大煉獄《れんごく》真紅・七園》は、ほんの一瞬、無限熱量の領域に達した。それは確かな事実。

だけど、アレは単なる偶然だと。ついさっきまで、イヴは思っていた。

なんらかの魔力干渉か、霊脈《レイ・ライン》作用か……とにかく、何か術式以外の外的要因が偶然重なり、あの奇跡が為《な》されたのだと思っていた。

だから、あの偶然の奇跡を……ここでなんとかしてもう一度出さねば、再現せねばならないと……イヴはそう考えていた。

ついさっきまではそうだった。

だが、イヴは悟ったのだ。

アレは決して偶然ではない。奇跡ではない。

眷属秘呪《シークレット》【第七園】を極め果てる先に、《無間大煉獄真紅・七園》という必殺攻式が存在するのと同じように……無限熱量も、その先にあるのではないか？

つまり、すでに眷属秘呪《シークレット》【第七園】は、もう無限熱量に到達するポテンシャルを秘めているのではないのか？　と。

（秘めているに決まってるッ！　そもそも当たり前だけど、無限熱量なんて偶然出るものじゃないわッ！　そこには必ず魔術の〝理《ことわり》〟が通っている……ッ！）

その根拠は——約数千年の時間。

先祖代々数千年かけて改良され、最適化され、鍛え上げられ、磨き上げられ、高められ続けられ——そして、次代へ連綿と受け継がれてきたイグナイトの術式は。

その重ねた歴史で、すでに〝天〟の領域に達しているのだと——イヴは信じた。

先ほど垣間見た幻が、それをイヴに確信させた。

あのご先祖様の夢の啓示を——イヴは信じたのである。

ならば——

（後は、この術式の使い方……ッ！　魔力の使い方次第……ッ！　それを引き出せるか、為せるかは、私次第……ッ！）

その強い意志をもって。

イヴは、向かい来るエレノアへ、炎を振るう。

そして、イヴがそれを強く意識した、途端。

不意に、明らかに炎の質が——変わった。

より強く、より眩《まばゆ》く輝く炎が燃え上がった。

今までとは、次元の違う熱量の炎だ。

『ギャアアアアアアアアアアア──ッ⁉ さ、さらに熱が……上がった⁉』

悲鳴を上げるエレノアの動きが鈍る。

イヴはそこへ畳みかけていく。

（摑《つか》んでる……摑みかけている……ッ！ 歴代イグナイトの……姉さんのさらに先のその領域へ……この私が……ッ！）

だが、まだ足りない。

無限熱量の領域には、まだほど遠い。

この程度では、まだ、ちょっと熱が上がっただけのただの炎だ。

最早《もはや》、理屈や小手先の技術じゃないのだ。

究極的には、魔術とは己の心と向き合う所作。それが力となる。

必要なのは──魂。意志。心の在り方。

何かを燃やすというのは、誰かを思うことにも似ている。

一途《いちず》に全身の魔力を束ねる。一途にその魔力を己が血に走る術式に通す。

地位、名誉、名声、栄光──そんなものは要らない。

誰かの希望の灯火たらんと願い生まれた、イグナイトの炎。

小賢《こざか》しい理屈や、複雑な技術はいらない。ただ、その原初の思いを汲《く》めばいい。

今はただ、遠いあの日、あの時の、幼い誰かの、誰かに対する憧れを思えばいい。

元々、私が振るう炎は、そういう炎なのだから――

もっと。

もっと、熱く。

もっと、もっと熱く燃やせ。

自分自身をただ一つの炎と成せ――

「はぁあああああああああああああああ――ッ！」

イヴの全身から、炎が燃え上がる。

さらに上がる。

さらに熱が上がる。

最早、炎が燃えると称するよりも、輝くと言った方が正しい。

眩く輝く炎がフェジテ中を明るく照らし上げ――イヴの腕の一振りごとに、エレノアを激しく焼く、焼き続ける。

『ガァアアアアアアアアアアアアア――ッ⁉　なんだこれは⁉　なんなんですか、これはぁあああああああああ――ッ⁉』

燃やされ続け、殺され続けるエレノアが苦悶《くもん》の絶叫を上げる。

いかに無限に近く復活できるといえど、死の苦痛と恐怖から逃れ得るわけではない。

それを振り払おうと、火達磨《ひだるま》のエレノアが死の瘴気《しょうき》をまき散らしながら――嵐のように大鎌でイヴを攻めたてる。

だが、イヴは逃げず、退《ひ》かず――真っ向勝負だ。

「ふ――ッ！」

身を翻し、左腕を振るう。

渦を巻いて燃え上がる炎が、瘴気を悉く焼き清める。

続き、右腕を天に向かって振り上げる。

火山の大噴火のような火炎が、エレノアの足元から天まで衝《つ》き上げる。

そして――駄目押し。

イヴが左腕を地面へ叩《たた》き付《つ》けるように振り下ろす。

槍《やり》のような炎の雨が、驟雨《しゅうう》の如《ごと》く降り注ぎ――エレノアの全身を串刺しにしていく。

上がるエレノアの悲鳴、叫び、苦悶。

そして、輝く炎を無限自在に振るうイヴの炎舞。

その姿は。その光景は――

「う、美しい……」

「なんて……力強い炎……」

「ああ……それでいて、暖かい……ッ！　熱い……ッ！」

「不思議だ……見ていると……勇気が湧いてくる……ッ！」

「ああ、俺達《たち》はまだ……負けてない……ッ！」

遥《はる》か格上の相手に絶望的な戦いを挑む帝国軍兵士達に、勇気と希望と力を与える。

「うおおおおお――ッ!?　行くぞぉおおおお――ッ！」

「まだやれるっ！　俺達だって、まだ戦える……ッ！」

「「「ぉおおおおおおおおおおおおおおおおお――ッ！」」」

そして、帝国軍兵士達が、未《いま》だ続々と増え続け、空から舞い降り続ける黒エレノアの群を押し返し始める。

その士気と勢いをどんどんと盛り返し、魔将星に対抗していく――

そして、それはその場で戦う彼らだけではない。

──────。

「見よ、あの炎を！　我々も負けていられぬぞ……ッ！」

「ああ、なんとしてもフェジテを守るのだ！」

違う場所で死者達から市民を守るために戦う帝国軍兵士達も。

「ああああああああ──ッ！　こんな化け物がなんぼのモンだ、ごらぁ！」

「ここが……正念場ですの……ッ！」

「はいっ！　お嬢様……ッ！」

空から襲いかかってきた黒エレノアの一体に、絶望的な戦いを繰り広げていた、コレット、フランシーヌ、ジニーも。

「市民の皆さん、最後まで諦めないでくださいッ！」

「そうだ、そうだ！　俺達のイヴ教官を信じてくれぇ！」

「まだ、私達は負けていませんから！」

市民の避難誘導をしていた、カイやロッド、エレンら学徒兵達も。

「同僚がここまで奮戦しているのだ！　天才の我らが挫《くじ》けるわけにいくまい⁉」

「……ふん！」

生徒達や市民達を、黒エレノア達から守るために戦うオーウェルやハーレイも。

「せ、セシリア先生！　もうここは危険です！　早く退避を……ッ！」

「みんな、必死に戦っているんです！　ここで私が退くわけにはいきません！」

仮設野戦病院で彼女なりの戦いと向き合うセシリアも。

イヴの炎を見た誰もが、その心を熱く燃やし、絶望に立ち向かっていた――

――。

『そんな馬鹿な⁉　押し止《とど》められるならまだしも……押し負けてる⁉　英雄でもなんでもない、ただの兵士達に⁉　腐っても魔将星が……ッ⁉』

エレノアは、己に向かってどこまでも愚直に炎を振るってくるイヴを見た。
最早、間違いない。こいつの仕業だ。
このイヴの勇猛果敢な戦いぶりが――その場の兵士達に力を与えた。
このイヴの炎の眩き輝きが――その場の全ての希望の灯火となったのだ。
そういうことができる人間は、古今東西、とある言葉によって称される。
即《すなわ》ち――……
『やはり、この女も〝英雄〟だと……言うのですか……ッ!?』
何か嫌な予感がする。
このままだと拙《まず》い。
熱は際限なく上がっていく。
復活回数はまだ、後七万四千回以上も残っている。
だけど――このままだと何かが致命的に拙い――
『オォオオオオオオオオオオオオオオオオオオオオオオオオ――ッ!』
イヴだけは、この場で即、殺さねばと。
エレノアはそう判断し――
イヴの周囲に集中的に無数の黒エレノアを新たに召喚し、殺到させる。

最早、質ではなく数でイヴを圧殺しようと──前後左右上下から敢然たる特攻で、呼吸する暇もないほど、間断なく攻め立てていく。

その数──数十。

「──くっ⁉」

さすがにイヴの顔色が変わった。

イヴは直感と呼吸だけで前後左右に炎を放ち、全方位から迫り来る黒エレノアを焼きまくる。

だが。

これだけの矢継ぎ早の手数で攻められると、どうしても攻撃が雑になってしまう。

今まで、気力・魔力・心体を完全一致させ、一撃一撃を丁寧に修練させて練り上げていた炎が、ことここに至り撃てなくなってしまう。

今まで際限なく上昇していた、イヴの炎の熱量が……その熱の上昇が止まって。

やがて、ゆっくりと……ゆっくりと下がっていく。

「イヴさんっ⁉」

「室長⁉」

「ちぃいいいいいいいいい──ッ！」

そんなイヴの苦戦を見て取った、クリストフ、エルザ、バーナードが、イヴの援護に入ろうと向かうが――

そんな三人の前にも新手の黒エレノア達が舞い降り、その道を防ぐ。

「くそっ！　邪魔だッ！」

「そこを――」

「どけぇえええええええええええええええ――っ！」

クリストフが炎の宝石結界を展開し。

エルザが居合斬りを刹那に数閃《すうせん》放ち。

バーナードが鋼糸を振るい、マスケット銃を乱射する。

黒エレノア達を打ち払う、薙《な》ぎ払う、吹き飛ばす――だが、一向に前へ進めない。

後から後から黒エレノアが、空から舞い降りてくる。

「くそぉおおおおおおお――ッ！」

クロウが〝鬼の腕〟で、黒エレノアの頭部を握り潰しながら、叫ぶ。

「誰か援護に向かえ！　イヴを援護しろ！　誰かぁあああああああ――ッ！」

だが――

「む、無理っす、クロウ先輩……ッ！」

ベアの切羽詰まった叫び通り、誰もイヴの援護に向かうことはできない。
皆が皆、眼前に立ち塞がる黒エレノアへの対処で手一杯だ。
今、この場で手の空いている余裕のある者なんて──誰もいない。
（くっ……あと少し……もう少しだったのに……ッ！）
イヴが歯噛《はが》みしながら、前後左右上下から迫り来る黒エレノアを迎撃している。
（あと、もう少しで……摑《つか》みかけたのに……ッ！　届きかけていたのに……ッ！）
そして、そんな死闘の最中──
「……ぐっ⁉　げほっ⁉　ごほっ！」
炎を振るいながら、突然、イヴが血反吐《ちへど》を吐いた。
ついに来たのだ。
いや、むしろ今まで来ていなかったのが奇跡だった。
マナ欠乏症──魔力切れだ。
（こ……ここで……ッ⁉　こんなところで……ッ⁉）
なんとかまだ炎の熱量は保っているが……最早《もはや》、炎が熱を失うのは時間の問題だ。
（後、一呼吸……一呼吸さえあれば……〝摑めた〟のに……ッ！）
そして。

そんなイヴの限界を感じ取ったのか。

『あはっあははははははは──っ！』

エレノアが高笑いを始めた。

『少々、冷や汗はかかされましたが……どうやらここまでのようですねぇ⁉　イヴ様ぁあああああああああ──っ！』

「ちぃいいいい──ッ！」

『引導は、この私自ら渡してさしあげますわぁあああああああ──ッ！』

ジャキンッ！　エレノアが大鎌を構える。

そして、自分の眼前に二百を超える黒エレノアを密集陣形で召喚させる。

「……ッ⁉」

その意図は読める。

単純だ。アレは肉盾だ。

自分達を折り重ねて盾にして、イヴへ突撃を仕掛けるつもりなのだ。

アレを瞬時に全て焼き尽くさねば──イヴは死ぬ。

一体、滅ぼすのですら壮絶な熱量が必要な魔将星を、同時に二百体以上。

そんなものは、不可能。

　そして、そんなイヴの読み通り――
『死ネェエエエエエエエエエエエエエエエエエエエエエ――ッ！』
　エレノア達《たち》が一斉にイヴに向かって、猛速度で突進してくる。
「く――ッ⁉」
　当然、イヴが迎撃の炎を巻き起こす。
　燃やす、燃やす、燃やす、燃やす、燃やす――
　迫り来る黒エレノアの群を、片端から悉《ことごと》く燃やしていく。
　だが――
　火力が落ちかけた今では、とても全ては燃やしきれない――
「…………ッ⁉」
『殺《や》りました……ッ！』
　イヴが気付けば。
　エレノアは大鎌を振り上げて、イヴの懐《ふところ》に入っていて。
　それを滅茶苦茶《めちゃくちゃ》に振り回していた。
　斬斬斬斬斬ッ！

イヴの肉体は、瞬時にバラバラに解体され――

その首が、腕が、胴が、足が、空に無惨《むざん》に舞い上がるのであった。

――。

全てが終わった。

希望は潰《つい》えてしまった――

――という幻をエレノアは見ていた。

『……な……ッ⁉』

気付けば、エレノアが斬っていたのは、誰もいない、明後日《あさって》の空間だ。

振り返れば……少し離れた場所で、目を瞬《しばた》かせているイヴがいて。

そのイヴの前に、誰かが左手の人差し指を立てて立っている――その指先に、小さな月明かりのような光を灯《とも》しながら。

それは、イヴと同じく赤い髪の少女だった。

　されど、その身体《からだ》の半分は醜く焼け爛《ただ》れた火傷《やけど》の痕がある。

　そんな少女がぼそりと言った。

「固有魔術《オリジナル》【月読ノ揺リ籠《ムーン・クレイドル》】……効くと思った。言動から、貴女《あなた》はあのクソ親父《おやじ》とは違って、人としての性質を多く残した魔人だと思ったから」

　イヴがその少女の背中を見る。

　瞬時に気付く。

「そ、その術……ッ!?　まさか、貴女は……ッ!?」

「どうでもいいッッッ！」

　驚愕《きょうがく》するイヴに、その少女――イリア＝イルージュは振り返らずに叫んでいた。

「ぼさっとしてないでよ！　さっさとその炎を完成させて！」

「！」

「こんな小手先技！　上手《うま》く決まるの最初の一発だけだよ！　だから、早く……ッ！」

「あ、貴女……」

「リディア姉さんの炎を！　本当のイグナイトの炎を……姉さんに代わって、私に見せてよ！　イヴ＝イグナイト……ッ！」

　そう言って。

イリアは、人差し指に月明かりを灯しながら、エレノアへ向かって駆け出す。
その目尻に、微《かす》かな涙を滲《にじ》ませながら——……
「——ッ！」
瞬時に、イヴは全ての雑念や柵《しがらみ》を、脇に投げ捨てる。
そして今、自分が全霊で為《な》すべきことだけを為す——
（必要なのは一呼吸……そう、後、たった一呼吸だった……ッ！）
イリアが稼げる時間は、はっきり言って短いだろう。
イリアは決して弱くはないが……今のエレノアとは相性が悪い。
十秒？　いや、恐らく五秒だろう。
だが——今のイヴにはそれで充分だった。
歴史は積み重ねた。
願いと思いも積み重ねた。
自己も錬磨した。魔力も練り上げた。
後は——為すだけだ。
為すのは一瞬。
だが、それにかけた時間は——イグナイトの歴史数千年分だ。

イヴは、ゆっくりと魔力を高めながら……息を吸って……吐く。
気を……励起する魔力の流れを……己の全てを最適に整える。
視界の端で、イリアがエレノアの大鎌にズタズタに斬り捨てられ、血をまき散らして、
血反吐を吐いて転がっていく光景が見えた。
痛む心すらも律し、制御する。
そして――
『イヴゥウウウウウウウウウウウウウウウウウウウウウ――ッ！』
先ほどと同じだ。
今度は三百体を超える密集陣形で、エレノアがイヴに向かって突進してくる。
だけど。
もう終わりだ。
イヴの炎は――ここに完成した。
今こそ、その神威をここに、示す時。
「――《我は始原の火の司《つかさ》・》――ッ！」

イヴが左手を頭上に掲げる。
その掲げた左手の先に、魔術法陣が何重にも塔のように展開される。
塔のような法陣が、天高く積み上がる。
「《真紅の戦場を火車にて駆け抜け・》――ッ！
『ぉおおおおおおおおおおおおおおおおおおおおおお――ッ！』
迫る。
迫る。
エレノア達が迫る。
だが、そんなことには目もくれず、イヴは全身の魔力と熱と激情を爆発させる。
「《果ての地平を夢見る者なり》――ッ！」
そして――呪文が完成すると共に、イヴは迫り来るエレノア達を正面から見据えて。
ここに、高らかに宣言する。

この戦いの終わりを告げる炎の詩《うた》を。

「眷属秘呪《シークレット》ノ極【第七園】──《無間大煉獄《れんごく》真紅・炎天》ッッッ！」

その瞬間──世界が輝いた。

炎の色が瞬時に変わる。

熱量が上昇する都度《だいだい》──赤、橙、白、青、黒と変化し──

最後は、ルビーのように輝き透き通る、美しき真紅色が爆発的に燃え上がり、フェジテ中に余すことなく広がっていった。

無限熱量──到達。

世界が──赤く、紅《あか》く染まる。

イヴを中心に、全てが紅く、明るく光り輝く、神々《こうごう》しい赤に染まる──

「こ、これは……？」

「これが炎の色なのか……？」

「これはもう……炎というよりも、光……ッ！」

「う、美しい……美しすぎる……」

誰もが、その炎の光の輝きに魅せられ、言葉を失い……

そして、その場のエレノアと、黒エレノア達《たち》のみが完全に消滅していく──

『……ぁ……』

残機：七万三千八百二十一体↓〇体。

無限熱量によって、瞬時に全て昇華殺し尽くされたエレノアは……そのまま為す術《すべ》もなく真紅の光輝の中に、溶け消えていくのであった──

──。

その最期《さいご》の時。

エレノアは、消え逝《ゆ》く意識の中で思った。

（私は……ただ……幸せになりたかっただけだった……）

（この次元樹のありとあらゆる可能性で分枝《ぶんし》する世界の全てにおいて……無惨に殺されてしまった、可哀想《かわいそう》な私達……）

（私達が、幸せに生きている世界は……もう……どの世界にも存在しない……）

（でも……）

（大導師様が……その悲願を達成なされば……私は……私達は……）

（私達、全員幸せになりたいなんて……贅沢《ぜいたく》は言わない……）

（だから、せめて）

（一人だけ……どこかの知らない世界で……たった一人だけでもいいから……）

（せめて……せめて、一人だけでも……私の代わりに幸せな人生を歩んでくれたら……もう、私はもう、それで他に何もいらないから……そう思って……私は……）

（…………）

（……申し訳……ありません、大導師様……お力になれず……）

…………。

……。

……。

終章　機械仕掛けの神《デウス・エクス・マキナ》

──歩いていた。

俺は、白く眩《まばゆ》く暖かい光の中を歩いていた。

どこからか、清く穏やかな水の流れる音が聞こえる。

そんな不思議な空間を……俺は無言で歩いている。

ゆっくりと。

……ゆっくりと、どこまでも。

…………。

……やがて。

俺が辿《たど》り着《つ》いたのは、清らかな水の流れを湛《たた》えた美しい川の岸辺。

そして、霧立つ向こう岸には──複数の人影。

その人影達を目視した途端、俺は驚愕に震えた。

「アリア……」

最愛の姉が、こちらを見て微笑《ほほえ》みながら佇《たたず》んでいた。

姉だけではない。

ユイ、リタ、ルーチェ、アイリーン、ルル、クライブ、ディーン、マックス、ロイ……

「お、お前達まで……」

あの懐《なつ》かしい孤児院の、懐かしい家族達がいる。

みんなが手を振って……俺を待っていた。

「アベル」

「アベルおにいちゃーん！　こっち！　こっち！」

「兄ちゃん、早く、早くぅ！」

「一緒に行こうよ！　私達と――」

心が脆《もろ》くなっていたらしい。

俺は、そんな懐かしいみんなの姿に、つい目頭が熱くなる感覚を抱いて。

衝動的に、その川の向こう岸へ向かって、一歩踏み出しかけた――

――その時だった。

背後から、不意に、たたたっと誰かが駆けてくる音がやってきて。

「姉さんっ！　みんなっ！」

一人の少年が、俺とすれ違って追い越して川を渡り……向こう岸へと駆けていく。

まだ、十代半ばほどのその少年。

その背格好に……俺は見覚えがあった。

「あれは……アベル……？」

かつての、俺の姿。

かつて、俺が仮面を被《かぶ》って心の奥底へ封じ込め、捨てようとした俺の本当の形。

呆然《ぼうぜん》としている俺の前で。

そのアベル少年は、みんなの下へと辿り着き……みんなと抱き合っていた。

「姉さんっ！　みんなっ！　ああ、会いたかった！　本当に……本当に会いたかったっ！」

「おにいちゃんっ！　おにいちゃんっ！　ユイも……ずっと、おにいちゃんに会いたかった……ずっと、待ってた……ぐすっ、うええええんっ！」

「これからは……みんな、一緒よ？　アベル。ずっと……ずっと……」

そんな幸せそうな家族達の姿を、しばらく見つめて。

俺は――息を吐《つ》く。

「そうだな。そうだった。俺はアベルではない。アルベルト＝フレイザーだ」

俺はもう……長年仮面をつけ、自分を偽り続けたせいで……最早《もはや》、アベルとは違う別の何かに成り果てていたらしい。

散々、捨てて封じ込めようとした者に、今さら戻れるわけもない。

そもそも、この血に染められた汚い手で、今さらどうやって、あの者達に触れる？　そんな資格、俺にあるわけない。

最後はただ一人、寂しく荒野にその屍《しかばね》を晒《さら》す――それが世に語られる、偽りの英雄アルベルト＝フレイザーの最期ではないか。

「一人……か。わかっていたが……覚悟はしていたが……なんとも虚《むな》しいものだ」

そう誰へともなく呟《つぶや》いて。

俺が、誰も待っていない対岸へゆっくりと渡ろうと足を踏み出した……その時だった。

「……ッ！」

そんな俺の行く手を阻《はば》むように、突如、白い羽根吹雪が渦を巻いて立ち上った。

同時に……どこからか、誰かの歌が耳に飛び込んでくる――

「……なんだこれは？」

羽根が、歌が、不可視の力で俺の足を阻む。

とてもじゃないが……対岸を目指しては進めない。

俺が、そんな風に戸惑っていると。

「貴方《あなた》はまだ、こちらに来る時じゃないわ、アルベルト」

「……ッ⁉」

アリアが、アベルが、子供達が……俺を見つめていた。

「貴方には……まだ、やることが残っているでしょう？　待っている人達がいるんでしょう？　なら駄目よ……貴方を……〝アルベルト〟を必要としている人がいる限り」

「…………」

「大丈夫、貴方は一人じゃないわ」

「…………」

「ありがとう、アルベルト。貴方のお陰で捕らわれていた私達は解放されたわ。やっと、あの世へ旅立つことができる……本当にありがとう。

貴方は……私達にとって、真の英雄だったわ、アルベルト＝フレイザー」

「ありがとうっ！　ありがとう、アルベルトおにいちゃんっ！」

「うん、格好良かったよ！」

そんな声援を受けて。

俺はほんの少しだけ苦笑し……くるりと彼女らに背を向けた。

「そうだな。そうだった。俺にはまだ為《な》すべきことが残されている。途中で投げ出すなどという惰弱な真似《まね》は死んでもできん。……達者でな。またいつか会おう」

そう言って。

俺は、元来た道をゆっくりと戻り始める。

ゆっくりと。

……ゆっくりと。

そんな俺の背へ。

「アルベルト！　いや……僕！」

アベルが——否《いな》、かつての俺が声をかけてくる。

「……どうか頑張って」

「ああ、お前もみんなを頼んだぞ。俺」

そんなやりとりを最後に。

俺は……白い光の道を戻って……戻って……そして——……

――――。

「気付いたようね」

「…………」

アルベルトが目を開けると。

アルベルトは、地面に大の字になって仰向《あおむ》けで寝そべっていた。

頭《かぶり》を振りながら身を起こす。全身の節々が痛み、魔力はほぼ完全に枯渇《こかつ》状態ではあるが……生命に支障はない。腹に空いた致命傷の大穴も塞がっている。

戦いの最中、いつだって自分の手から消えなかった、あの〝鍵〟もない。

恐らくだが……これからこの先、自分があの〝鍵〟を見ることは、もう二度とない……

不思議とそんな確信があった。

「……この私に感謝なさいよ」

傍《かたわ》らにはルナが腕組みして、そっぽを向いて立っている。

「天使言語魔法《エンジェリック・オラクル》【聖歌復活節】……死んで間もない死者の魂を呼び戻す。死んで時間が経《た》ったら駄目だし、私の寿命も削れるし、呼び戻せるかどうかも運次第だけど」

「……どうやら大きな借りができたようだな」

「ちっ……返しただけよ。貴方のそういうところ、大嫌い」

ルナが不機嫌そうに言い捨てた。

そして、ルナはアルベルトの方を見ずに、ぼそぼそと呟き始める。

「……ありがと」

「…………」

「貴方が死んでる間にね……私、会えたの、あいつに。どうやらあいつも、あのクソ爺《じじい》から解放されたらしくて……最後の別れを済ませることができて……」

ルナが頭をガリガリと掻《か》きながら、気まずそうにしどろもどろ続ける。

「私、貴方達《たち》帝国の連中は相変わらず大っ嫌いだけど……でも……この一点だけは……それなりに……感謝しているっていうか……」

そこまで言って。

ちらり、と。ルナがアルベルトの方を見やれば。

「…………」

当のアルベルトは、とっくにこの廃都の出口を目指して、ルナを置いて歩き始めていた。

「んな──ッ⁉　き、聞いちゃいねえ……ッ⁉　マジで⁉」

「何か言ったか？　俺は忙しい。用があるなら後にしろ」

「ぁあああああああああああああ──ッ！　やっぱ、帝国の連中、ムカつくぅううううううううううううううううううううううううううう──ッ！」

そう叫んで。

ルナは、猛然とアルベルトの背を追いかけ始めるのであった──

──。

フェジテ中を照らしていた、美しき真紅の光輝が……消えた。

全てが元に戻る。

すると。

フェジテを取り囲み、フェジテの都市内に流入していた《最後の鍵兵団《ウルティムス・クラーウィス》》が……土塊《つちくれ》と化して、みるみるうちに消滅していった。

「お、おおお……し、死者の群が……崩れて……ッ⁉」

「た、助かったのか……ッ⁉」

必死に城壁を守っていた帝国軍兵士達が、呆《ほう》けたようにその光景を眺める。

「のわ――っ⁉　な、ななな、なんですか、これ⁉　何が始まったんですぅ⁉」

「お、落ち着け、ロザリーッ！」

都市の各地で死者の進軍に抗《あらが》っていた警備官や市民達がざわめく。

そして、空では――空を埋めつくさんばかりだった黒エレノア達が、次々と落ちていき……黒い霧のようなものに分解され、消滅していった。

「なんだこれは……？　どうなってやがる……？」

「まさか……？」

帝国軍兵士達と一緒に、黒エレノアと交戦していたジャイルやリゼ、レヴィンらが呆けたように呟く。

「なぁ、ひょっとしてこれ……」

「そ、そうですわ！　そうに決まってますの！」

「ええ、奇跡としか言いようがないけど」

コレットやフランシーヌ、ジニーも呆けたように呟く。

「いや、絶対そうだって！」

「だよ！　俺達、勝ったんだよ！」

「よかっ……た……」

カイにロッド、エレン……学院からの学徒兵達も、次々と沸き立ち始める。

やがて、全ての人々が、徐々に自分達の勝利を理解し、フェジテ中を歓喜が包み込んでいくのであった——

——。

「リィエル……やったよ……ッ！」

「ああ、俺達……勝った……勝ったんだ……ッ！」

その一角では、ウェンディやカッシュが泣きながら呟いていた。

だが、そこには勝利の歓喜はない。

ただ、死者を悼《いた》む哀《かな》しみに満ちていた。

「……君のお陰だよ、リィエル。君の戦いが……この勝利を繋《つな》いだ」

「うん……うん……」

「リィエル……」

誰もが、その場に眠るリィエルへ哀悼を捧《ささ》げていた……その時だった。

「ん。そう？　勝った？　よかった」

突然、なんの前触れもなく、リィエルがぱっちりと目を開けた。

「「「〜〜〜〜〜〜〜ッ⁉」」」

あまりにも予想外の展開に、開いた口が塞がらない一同。

「り、りりり、リィエルちゃん⁉」

「い、いいい、生きていたんですの⁉」

「ん。生きてる。もう、全然動けないけど」

仰向けに寝そべったまま、リィエルが淡々と呟《つぶや》く。

「すごく疲れたから……寝てた。ちゃんと言ったのに……なんで驚くの？」

「だ、だ、だって、貴女《あなた》、呼吸も心音も止まってて……ッ!?」

「ん？　そうだったの？　わたし、死んでた？　じゃあ、生き返った」

キョトンと小首を傾《かし》げるリィエル。

相変わらず、常識外れで意味不明なことをやってのけるリィエル。

だが、そんなことはもうどうでも良かった。

「「「り、リィエルぅううううう──っ！」」」

カッシュ達は一斉に、目を白黒させるリィエルへ抱きつき、揉《も》みくちゃにするのであった。

「……ったく、人騒がせな。君が死ぬわけないと思ってたよ……」

少し離れた場所で、眼鏡を押し上げてそう嘯《うそぶ》くギイブルも涙目だ。

「……やれやれ。なんとか約束は守れたか」

フォーゼルも、どこか安堵《あんど》したように息を吐《つ》く。

そんな最中。

仲間達に揉みくちゃにされる最中、リィエルはふと気付いた。

(……ひめ?)

心の中のどこかに常に感じていた、友達の気配が……今はまったく感じられない。

一体、どこへ行ったんだろう?

リィエルがふと、そんなことを思っていたら。


——それは〝餞別《せんべつ》〟だってさ。かつてキミを創り出した、あの人達からの。

——ボクにはよくわからないけど……キミ自身のはっきりとした強い生存目的と意識が鍵となって起動する、一度きりの予備生命力……だったかな?

——〝どうか僕達の分まで生きて〟って……そう言ってた。


そんな囁《ささや》きが、ふと聞こえた気がした。


——そして、ありがとう、リィエル。素晴らしい〝キミの剣〟を見せてくれて。

——これでもう……ボクに心残りは何もない。何もないから……

最後に、そう言い残して。

それっきり。

リィエルが、エリエーテ＝ヘイヴンの声を聴くことは二度となかった――……

――。

「おい、やったなぁ！　イヴ！」

「さすがっすよ、元帥！」

「「「「イヴ元帥ばんざぁーい！」」」」

全てを出し切り、ぐったりと脱力するイヴの下へ、クロウやベアを筆頭とする生き残りの帝国軍将兵達が続々と集まってくる。

「イヴちゃん！　マジで大活躍じゃったなぁ！」

「ええ。イヴさんのお陰で、この帝国が救われました」

バーナードとクリストフが、イヴの両脇に立ち、肩を貸して立たせてやる。

「室長……本当に……お疲れ様でした……」

エルザも涙ぐみながら、肩で大きく息を吐いているイヴを見つめている。

「……ふん、やるじゃん……」

離れた場所で、黙々と自身の手当をしているイリアが鼻を鳴らす。

そして──

「勝った……我々はついに勝利したのだッ！　祖国を救ったのだッ！」

「ああ、俺達《たち》全員の勝利だッッッ！」

「「「わぁああああああああああああああ──ッ！」」」

上がる帝国軍将兵達の勝ち鬨《かどき》。

その場の誰も彼もが勝利ムードであった。

あの絶望的な戦況をひっくり返した。滅びゆく帝国をこの土壇場《どたんば》で救った。

誰もがそう信じて疑っていなかった。

ただ一人──イヴを除いて。

「……まだよ。まだ終わってない」

イヴが額の汗を拭い、そう厳然と言い捨てた。

「え？」

そんなイヴの言葉に、誰もがきょとんとする。

「まだ終わってないって……」

「な、何言ってんだよ？　イヴ」

クロウが頭を掻《か》きながら、ぼやく。

「エレノアは死んで、《最後の鍵兵団《ウルティムス・クラーウィス》》は儀式の贄《にえ》になれずに全部消滅した。天の智慧《ちえ》研究会の外道魔術師達は全て撃破、エリエーテはリィエルが撃破したって報告が来たし、現時点でフェジテが吹っ飛んでねえってことは、アルベルトのやつが、パウエルも殺《や》ったってこった。

どこをどう見たって、俺達の完全勝利じゃねえか？」

そんなクロウの言葉は、その場の帝国軍将兵達の総意のようだった。

だが、イヴが厳然と告げる。

「忘れた？　天の智慧研究会、最後にして最強の戦力を」

「「「……ッ!?」」」

「辛《かろ》うじて勝利を拾ったとはいえ、帝国軍はもうこれ以上の戦闘行動はひっくり返ったって不可能……そんな絶好の好機に、あの男が動かないはずがない……私だったら、必ずそうする……ッ！」

そう叫んで。

イヴが、左右で肩を貸すクリストフとバーナードを振りほどいた……まさにその時だった。

『空天神秘【INFINITE ZERO DRIVE】《インフィニットゼロドライヴ》』

なぜかフェジテ中の誰にでも凛《りん》と響き通る声と共に。

不可解な重低音と共に——世界が大回転し、空が変貌した。

全てが暗転し——フェジテの空に、光の格子《こうし》模様が世界の消失点まで広がる、無限の異空間が広がった。

フェジテ以外の大地や地平線、世界の全てが星雲の海へと消え、今やフェジテという都市一つが、異空間に浮かび上がる孤島と成り果てていた——

「な、な、なんだこれは……ッ⁉」

「い、一体、何が起きた……ッ⁉」

動揺するしかない、帝国軍将兵達。

「く……ッ⁉」

異様な魔力を感じて、イヴが空を見上げれば——

全身に圧倒的な魔力の輝きを漲《みなぎ》らせた少年と——その背に抱きつくように寄り添う少女が……ゆっくりと、ゆっくりと舞い降りてくるのが見える。

その正体は——……

「大導師……フェロード＝ベリフ！」

イヴが叫ぶ。

すると、天の智慧研究会最高指導者《大導師《ヘヴン》》フェロードは、上空のとある高度でピタリと静止し——眼下のフェジテを忌々《いまいま》しそうに睥睨《へいげい》し、まるで距離を無視したような……誰にでもよく届く声で言い放つのであった。

『まさか、君達がここまでやるなんてね……予想外だった。本当に……本当に、予想外だったよ……』

今まで、常に余裕と笑みを崩すことがなかった大導師が……ここに来て、初めて不機嫌そうな苛立《いらだ》ちを顔にありありと浮かべている。

『一体、本当にどうしてだろうね……？　僕が数千年かけて書いた脚本は完璧だったはずなのに……つい最近になって、筋書きがずれることが多くなった。

無論、僕の脚本に抜かりはない……そんな筋書きのずれすら織り込み済みだった。

　だけど、一つずれれば二つずれ、二つずれれば三つずれ……筋書きの間違いは連鎖的に起こるようになって……ついに、《最後の鍵兵団《ウルティムス・クラーウィス》》によるフェジテでの総決戦という、当初の想定からすれば、僕にとって一番、非効率で不本意なルートになってしまった。

　それでも、不本意なルートとはいえ、僕の悲願を達成するに十二分なものが積み上がっていた。だけど――……』

　フェロードがイヴを見下ろす。

『――結果は……君達が勝った』

「……ッ！」

『ありえない……本当にありえない奇跡が起きたんだ。

《剣の姫》エリエーテ＝ヘイヴンが、リィエル＝レイフォードに倒されて。

《神殿の首領《マジスタ・テンプリ》》パウエル＝フューネが、アルベルト＝フレイザーに撃破された。

　そして、最後の魔将星《冥法死将》ハ＝デッサ……エレノア＝シャーレットまで、君に討たれた。イヴ＝イグナイト』

　イヴが黙って、フェロードを真《ま》っ直《す》ぐ見つめ続ける。

　この男に一体、どうやって対処しようか……脳内を激しく演算させながら。

『この三名の内、誰か一人でも残っていれば……僕の悲願は達成されたはずだった。

エリエーテが残れば、単騎で帝国軍とフェジテ市民を全て殲滅《せんめつ》できた。

パウエルが残れば、【メギドの火】でフェジテを吹き飛ばした。

エレノアが残れば……結果は言うまでもない。

君達が勝つには、この三名の撃破が必須で、そしてそれは、それぞれが限りなく〇に近い確率だった。なのに……君達が勝った。三名とも撃破してしまった。

その結果……僕の【聖杯の義式】には、まだ生贄《いけにえ》が足りない状態だよ……本当に……どうして……？』

静かに。

フェロードの肩が、静かに震えていく。どうしようもない怒りに、苛立ちに。

『これは一体、どういうことなんだい？

考えれば、この状況は何もかもがおかしいんだよ。全部予定にない。ありえない。

本当なら、この時点で《鉄騎剛将》アセロ＝イエロ、《炎魔帝将》ヴィーア＝ドォルも、僕の傘下《さんか》に馳《は》せ参《さん》じていたはずだった。

アルベルト＝フレイザーは《雷霆神将《らいていしんしょう》》ヴァル＝ヴォールとして、僕の配下にいたはずだった。ジャティス＝ロウファンも《罪刑法将》ジャル＝ジアとして、僕の配下にいたはずだった。

天の智慧研究会には、もっと多くの戦力が集っていたはずだった。世界最強、無双の魔術師軍団であるはずだった。

イヴ＝イグナイトは、《炎魔帝将》ヴィーア＝ドォルの眷属《けんぞく》として、その聡明《そうめい》なる頭脳を、僕の下で発揮していたはずだった。

リィエル＝レイフォードが、《剣の姫》に打ち勝てるほどの覚醒をするなんてありえないはずだった。そもそも、魔造人間として不完全なその命は、とっくの昔に様々な要因で尽きているはずで、この歴史の表舞台に立ってること、それ自体がおかしい。

それに、イヴ＝イグナイトの指揮能力の高さは認めるけど……全軍に影響を与える英雄の資質なんて、あるはずがなかった。

さらには……この時点で、僕の手元に我が愛《いと》しき天使の完全体がない……ッ！　あまつさえ、彼女の予備の身体《からだ》もない……ッ！

どうしてだ？　どうして、こうも何もかも上手《うま》くいってない……ッ!?』

そんな風に、フェロードがわなわなと震えていると。

『気にしなくていいよ、フェロード様』

フェロードの背中に抱きつく少女──《空の天使》レ＝ファリアが、慰めるように言った。

『貴方《あなた》は頑張ったよ。数千年かけて、本当に頑張った。確かに、貴方が思い描いた最高の結末ではなかったかもしれないけど……私はこうして貴方と再会できたし……貴方の悲願だって、まだまだ叶《かな》うよ』

そう語るレ＝ファリアの姿は、幽霊のような半透明で肉体がない。

明らかに、何かが欠けて足りない不完全体であることはわかるが……その身に秘めたる力の凄《すさ》まじさは、魔術師でなくてもわかるほどだった。

『そうだね。過ぎたるはなお及ばざるがごとし、だね。今、この手にあるもので我慢しないとね……』

すると、フェロードはにこりと笑って。

再び、眼下のイヴ達へ睥睨し、冷酷に告げた。

『というわけで、悪いけど……脚本の軌道修正するよ。

君達は〝機械仕掛けの神《デウス・エクス・マキナ》〟という言葉は知っているかな？

物語の手法としては、非常に興ざめ極まりないことだけど……僕がそれをやるよ。僕にとって都合の良《い》い結末を強引に展開しよう……本当に……これが、最後の手段だ』

そう言って、フェロードが両手を広げると――

──空間が、奇妙な大絶叫によって、よじれんばかりに軋《きし》みを上げた──

無限の空間に浮かぶフェジテ。

その城壁の外に──何かがゆっくりと登り立つように現れた。

それは──〝肉の柱〟としか言い様がなかった。

高い、そして太く──とてつもなく巨大だ。まるで塔や巨人のようだ。

そんな異様で悍《おぞ》ましき肉の柱が──フェジテの遥《はる》か高き上空へ向かって、にょきにょきと、どこまでも伸びていく。

まるで奇怪な深海魚をミンチにして混ぜたような、悍ましき不定形の肉塊。

表面から無数の触手が蠢《うごめ》き、震え、蠕動《ぜんどう》し、その全身にギョロギョロと巨大な目が開き、ぶるぶると震えるように気色悪く動いている。

そして、遥か遠《とお》くからでも見上げるほどに高きその肉の柱の天辺《てっぺん》に開く大口と、伸びる手のようなもの。げにも悍ましく冒瀆《ぼうとく》的な異様は、まるで混沌《こんとん》の狂気の具現。

そんな異形の何かが、次々とフェジテの周辺に生えて、成長していく。

その数──一本、二本、三本、四本、五本……合計十七本。

天を衝《つ》くような肉の柱達《たち》にすっかり取り囲まれたフェジテは、まるで巨大な怪物の胃袋の中に閉じ込められてしまったかのようだった。

そして。

その冒瀆的な光景は、異様は。

それを見た、フェジテの人間達の半分以上の正気を、たちどころに吹き飛ばした。


「あ、あれは……ッ⁉」

大混乱の狂騒に陥る帝国軍の中、イヴが歯噛《はが》みしながら遠く肉の柱を見据える。

イヴは、それに似たようなものに見覚えがある。

あれは、ミラーノで見た……

『そうだよ。信仰兵器《邪神兵》──その〝根〟さ。えーと、確かマリア＝ルーテル……といったかな？　彼女はこうして順調に成長しているよ。

だから、少し復活を早めたんだ。まだ不充分だけど、君達を滅ぼすには充分だろう？』

「…………ッ！」


絶望が。

深い絶望が、フェジテを支配していく。

最早《もはや》、先ほどまであった勝利の余韻など微塵《みじん》も残っていなかった。

見ただけでわかる。

あの肉の柱の前にあるものは、掛け値なし圧倒的な絶望と闇と破滅なのだと。

「そ、そんな……なんてことだ……」

「もう……戦えないぞい……」

クリストフとバーナードすら、空を見上げて膝をつくしかない。

帝国軍の主力魔導士達は、イヴを含めてもうとっくの昔に限界を超えている。魔力が完全に枯渇《こかつ》している。これ以上は一秒だって戦えない。

『仮に、君達にまだ余力が残っていたとしても、無理だけどね？　この空間内においては、君達の攻撃は、あの肉の柱に届くことはない……決してね。

まぁ、よしんば届いても、イヴの無限熱量、リィエルの光の剣閃《けんせん》、アルベルトの〝右眼《みぎめ》〟以外、到底、致命打にならないだろうけど。そして――……』

フェロードが、まるで指揮棒を動かすように腕を振ると。

聞く者の魂を砕き散らすような悍ましき奇音を盛大に上げて――肉の柱が動き始めて……その天辺の悍ましき大口を開いて、フェジテを食い始めた。

「な……」

イヴ含め、フェジテの城壁が、フェジテそのものが、丸ごとバリボリと砂糖菓子のように食い散らかされていく様を見せられては、唖然《あぜん》と呆《ほう》けるしかない。

『最後の手段だよ。この《邪神兵》の根で、君達をフェジテごと平らげて【聖杯の儀式】の足しにする。これが僕の最終手段……〝機械仕掛けの神《デウス・エクス・マキナ》〟さ』

それは——掛け値なしの破滅の光景だった。

城壁付近では、気丈にも肉の柱へ立ち向かい、残された最後の魔力を振り絞って、遠くから攻性呪文《アサルト・スペル》をぶつける兵士達もいるが……宣言通り、呪文攻撃が肉の柱へ届かない。射程内に確実に捉えているはずなのに、なぜか何をやっても肉の柱へ届かないのだ。

敵の攻撃はこちらへ通し放題なのに、こちらの攻撃はまるで通らない。

どうしろというのか、こんな不条理で理不尽な状況。

そんな絶望に攪拌《かくはん》されるイヴ達とは裏腹に。

『まったく、なんて無様なんだ……こうやって、ルートを妥協する度に、僕の悲願の達成精度はどんどん落ちていくというのに……ッ！　こんなことになるなんて……ッ！　こんな、一番やっちゃいけない最低最悪のルート選択になってしまうなんて……ッ！』

フェロードは何かよくわからないことで憤《いきどお》っているが。

もう、どうでもよかった。
フェジテは終わりだ。
そして、世界も終わりだ。
あんな理不尽なものに勝てる者が、この世界にいるわけがないのだから——……
誰もが膝をつく。誰もが手を地に着く。
項垂《うなだ》れる。呆然《ぼうぜん》とする。
そんなフェジテ全体に溢《あふ》れた絶望の感情に、少し気分を良くしたのだろうか。
フェロードが高らかに笑いながら宣言した。
『あはははっ！　最後がちょっとグダったけど、如何《いかが》でしたでしょうか⁉
楽しんでいただけましたでしょうか⁉
僕の一世一代、渾身《こんしん》の演目は！　破滅に向かう黄昏《たそがれ》の舞台劇、これにて終幕！
紳士淑女の皆様方、最後までご笑覧いただき、真《まこと》にありがとうございました！
どうか、その深きお心をお持ちいたしまして、拍手喝采を送っていただきますよう
——……』

そう、慇懃《いんぎん》にフェロードが眼下のフェジテに向かって。

一礼──しかけた、その時だった。

びしり。

フェジテを喰《く》らう肉の柱の一つの上空の空間に、不意に亀裂が入って。

そこから眩《まばゆ》き光が、超巨大な柱となって奔流し、そのまま肉の柱へと降り注ぎ、呑《の》み込んでいく。

白熱する世界、上がる肉の柱の奇怪な断末魔。

あの絶望的な肉の柱が……光の中へ……溶けるようにあっさり消滅していく。

どんな攻撃も届かない、どんな攻撃も通らないはずの、あの悍ましき絶望の柱が。

『……なっ⁉』

そのあり得ない光景に、再びフェロードが目を見開いて硬直する。

「あ、あの光は、まさか……？」

そして、アルザーノ帝国魔術学院の生徒達や、クリストフにバーナードなどの一部の軍関係者……すなわち、とある人物と交流が深かった者は知っている。

その光の正体を知っている。

彼らが知るそれとは何かが違うが……あの特徴的な光は、まさしく……

「……【イクスティンクション・レイ】……ッ⁉」

そして、誰もが目を瞬《しばたた》かせ、呆気《あっけ》に取《と》られていると。

〝へっ……この結末に拍手喝采しろだって？〟

〝却下だ、バカ野郎〟

そんな、誰かの叫びが。

フェジテ中に響き渡った……気がした。

〝三文作劇すぎて、反吐《へど》が出るぜ〟

〝演出家交代だ！　見せてやる……ッ！〟

〝誰もが総立ちで喝采する、本当の名作劇場ってやつをよぉ……ッ！〟

『……な、なんだい？　今のは……一体、誰が……？』

ことここに来て、また筋書きにないはずの展開に、フェロードが狼狽《うろた》えていると。

「……成った」

イヴが、誰もが絶望して膝を折るフェジテの中、唯一、二の足で立ち続けていたイヴが……に、と口元を笑みの形に歪《ゆが》ませる。

『なんだって……？』

「私の最後の最後の策が……成ったって言ったのよ」

イヴが苦笑しながら続ける。

「まぁ、言って策とも呼べない策だったけどね。もし、それが本当に成ったところで、どうなるものでもなかったし。

だけど……〝あいつが間に合うかもしれない〟……そう思うだけで、私は最後までこうして折れずに戦えた。前を向いて戦えた。

だから、私は……とにかく一分でも、一秒でも長くフェジテを保《も》たせる……そういう采配を、ずっと戦いの最初から続けてきた……ッ！」

そんな風にイヴが言った……その瞬間。

びしり。びしり……

フェジテの遥《はる》か上空に生まれていた亀裂が、広がっていく。

その亀裂が、どんどんと大きくなっていき——

やがて、硝子《ガラス》が割れ砕けるような盛大な音と共に、その亀裂が砕け開き——光輝く風が猛然とフェジテの超空間内に吹き込んでくる。

絶望の暗雲を払い清めるような、神々《こうごう》しく光輝く風が、暗いフェジテを照らす。

そして、その風に乗って——複数の人影が、フェジテの上空に姿を現していた。

彼らの正体は——

「こんな粗末な空間！　次元と星間を超えて、どこまでも届く私の風を阻《はば》めないわ！」

白を基調とした古めかしい意匠の外套《がいとう》を纏《まと》った、銀髪の少女と。

「やっと……やっと、帰ってきた……私達《たち》の故郷に！」

『ふん、少々遅くなってしまったわね』

手に黄金の鍵を携え、背中に不思議な翼を生やした金髪の少女と、その肩に乗る、金髪の少女とそっくりの小さな妖精のような少女と。

「……遅れはこれから取り戻すよっ！」

白い髪と白い肌、竜の翼を持つ幼い少女と。

「ああ、任せとけ——って、なんじゃこりゃああああああああ⁉　とんでもねえことになってんな、フェジテ⁉」

素っ頓狂な声を上げる、なぜか襤褸《ぼろ》の外套を身に纏った、黒髪黒瞳の青年。

この歪んだ空間ゆえか。

その青年の姿は、あれだけ遠くの上空にありながら、フェジテ中の誰もによく見えた。

誰もがその青年達を見上げ、注視した。

「ふふ……来て……くれましたか……」

学院のテラスで、アリシアが。

「「「ぉ、おおおおお……ッ⁉」」」

フェジテ中に散らばる全帝国軍将兵達が。

「あ、あああ……ッ！　アレは……ッ⁉　あの人はぁ……ッ⁉」

都市の大通りの一角で、ロザリーが。

「かぁ〜っ！　ったく、相変わらず美味《おい》しいやつめ！」

「あはは……でも、らしいじゃないですか」

都市内の大広場の戦場で、バーナードが、クリストフが。

「ふふ、あの御方《おかた》は相変わらずですね……」

「ふん……」

都市内の大通りで、リゼが、ジャイルが。

「……ああ、良かった。あの人が来てくれたなら……」

都市内の仮設野戦病院で、セシリアが。

「まったく！　間に合ったから良《い》いようなものを……ッ！」

「ふはははは！　だが、それでこそ、だ！」

都市の戦場の一角で、ハーレイが、オーウェルが。

「おおおおお!?　来た来た来たぁあああああ——っ!?」

「絶対に来ると信じていましたの！」

「まぁ……それなりには」

都市の戦場の一角で、コレットが、フランシーヌが、ジニーが。

「ぐすっ……ひっく……」

「おいおい、泣くなよ……ロッド……」

「な、泣いてねえよ……ッ！　ていうかお前だって泣いてるじゃん……」

都市内のとあるバリケード内で、カイやロッドが。

アルフ、ビックス、シーサー、ルーゼル、アネット、ベラ、キャシー……二年次生二組の生徒達が。

「へへっ……アンタって、人はさぁ……ッ！」

「やれやれ。まさかとは思うが、狙ってたんじゃないだろうな……？」

「どっちでもいいですわ、そんなの！」

「うん……うん……ッ！」

とある広場で、カッシュ、ギイブル、ウェンディ、テレサ、セシル、リンが。

「やれやれ、ようやく約束の子守も終わりか」

「そのようじゃな」

フォーゼル、ツェスト男爵が。

「……………ん。そろそろだと思ってた。勘だけど」

地面に寝転がるリィエルが。

「ふっ……あいつめ」

フェジテ城壁上で、肉の柱と対峙《たいじ》していたアルベルトが。

「……………ふん」

その頭上を浮遊するルナが。

そして──

「遅刻よ。遅すぎるわ。貴方《あなた》、教師としての自覚、あるわけ？」

──目を潤ませ、感極まったようにイヴが。

誰もが。

フェジテの誰もが、その青年を注視して──心の中でその名を叫んだ。

──〃〃〃〃グレン＝レーダス〃〃〃〃　！

そんなみんなの思いと期待に応えるように。

今、遥かな時と距離を超えて、フェジテに帰還した青年──グレンが動き始めた。

「とりあえず、ヤベェのを速攻で片すぜ！　システィーナ！　ルミア！　行けるな⁉」

「ええ、もちろんよっ！」

「はいっ！　先生！」

グレンに付き従う銀髪の少女——システィーナと、金髪の少女——ルミアも動き出す。

「——《王者の法》《アルス・マグナ》ッ！　起動ッ！」

ルミアが掲げた手から、眩《まばゆ》い光が迸《ほとばし》り——グレンとシスティーナを包む。

そして、その二人が同時に呪文を唱え始めた。

「《時の最果てへ去りし我・——》」

「《我に続け・颶風《ぐふう》の民よ・——》」

「《慟哭《どうこく》と喧噪《けんそう》の摩天楼・時に至る大河は第九の黒炎地獄へ至り・その魂を喰《く》らう黒馬は己の死を告げる・我、六天三界の革命者たらんと名乗りを上げる者ゆえに——》」

「《我は風を束ね統《す》べる女王なり》——ッ！」

「時天神秘【OVER CHRONO ACCEL】《オーバークロノアクセル》ッ！」

「風天神秘【CLOAK OF WIND】《クロークオブウィンド》……ッ！」

その刹那。

システィーナから光輝の風が爆発的に広がり、世界の果てまで届かんばかりの勢いで広がっていき——

「ぉおおおおおおおおおおおおおおおおお──ッ！」

グレンが掲げる左手を中心に──世界が変革する。

巨大な時計のような魔術法陣が、格子《こうし》模様の無限超空間とせめぎ合い──彼方《かなた》へと押し流して拮抗《きっこう》する──

す、凄《すご》い……

そんな人の常識を超えた魔術展開に、誰もが目を瞬《しばたた》かせるしかない。

そして──

そんな一同は、次の瞬間、さらに度肝を抜かれることになる──

「先生！　どう行きますか⁉」

「しゃらくせぇ！　近いやつから時計回りに行くぜ！」

「了解ッ！」

システィーナが複雑な印を切ると。

グレン達《たち》が──光の風に乗って、超光速で飛翔《ひしょう》した。

向かう先はまず、フェジテの北側に聳《そび》え立《た》つ、異様の肉の柱──

一条の光となって飛びながら、グレンは呪文を唱える。

その詠唱時間を時天神秘の権能をもって、〇、、、、に短縮する。

さらに、発射から着弾までの時間すら、〇、、、、に短縮する。

「ぶっ飛べ、有象無象ッ！　黒魔《くろま》改【イクスティンクション・レイ】──ッ！」

グレンの左手から放たれた、発射と同時に着弾命中する極大消滅の衝撃波が──肉の柱を呑《の》み込む。

攻撃が決して届かないはずの肉の柱に、その攻撃はあっさりと届いて──

『wq3え4r5t67by8ぬm9い、お。p〜〜ッ!?』

のたうつ肉の柱は、先ほどと同じくあっさりと根源素《オリジン》まで分解され、消滅していく──

「次！」

「はいっ！　はぁあああああああああああ──ッ！」

隣の柱に到達したのはシスティーナだ。

「──風よ！」

システィーナが全身から、光輝く風の刃《やいば》を放つ。

唸《うな》りを上げて、無限を走るその風は、肉の柱を瞬時に、無数の肉片へと解体して——やはり奇怪な断末魔を上げて、霧のようなものになって消滅していく。

『ルミア。今の貴女《あなた》の力……《私と貴女の鍵》。使い方、わかるわね？』

「うん、大丈夫、ナムルスさん。やぁあああああああ——ッ！」

さらにその隣の肉の柱へ、光の風に乗って高速移動していったのは、ルミアだ。

今までのような、銀の鍵ではない。それは、黄金色に輝く鍵だ。

ルミアから切り離したレ＝ファリアの代わりに、ナムルスが融合したことで、ルミアが得た新たなる権能。新たなる可能性。

ルミアが、その黄金の鍵を肉の柱へ突き刺す。

すると。

その肉の柱に、内部的に数億年の時間が瞬時に経過して——

ザァアアアア——……

肉の柱は、まるで砂のようなものと化して、崩れ落ちていった。

「次ッ！」

さらに、さらに、グレンが光の風に乗って——次の肉の柱へと突き進む。

だが、肉の柱とて、ただサンドバッグになるつもりはないようだ。

その頂点にある大口を開き──向かい来るグレンを迎撃しようと、その口から、悍《おぞ》ましき瘴気《しょうき》の炎嵐《えんらん》を吐いた──

「カァアアアアアアアアアアアアアアア──ッ！」

だが、白い髪と白い肌の小柄な少女──ル＝シルバが口からブレスを吐く。

竜の咆哮《ドラゴンズ・シャウト》【凍てつく吐息《バニシング・フォース》】が、肉の柱の放つ瘴気を打ち消《バニシュ》し、吹き飛ばし──……

「《〇の専心《セット》》ッ！」

その隙に、グレンが光の風に乗って、その肉の柱の核らしき部分へ接近し──

「──《愚者の一刺し《ペネトレイター》》ァアアアアアアアアアア──ッ！」

古式回転拳銃《パーカッション・リボルバー》の銃口を向け──発砲。

通常、《愚者の一刺し《ペネトレイター》》の効果時間は非常に短く、零距離射撃《ポイント・ブランク》でしか効果を発揮しない。

だが──今、時天神秘によって、その効果時間が無限になっている。

ゆえに──

遠距離から魔弾に撃たれた肉の柱が、びくんとその全身を震わせて。

やはり、魂を引き裂くような断末魔を上げて、ボロボロと崩れて滅んでいく──

倒した肉の柱には目もくれず。

グレン達が、輝く風と共に、フェジテの空を流星のように翔《か》ける――

翔けて、絶望の肉の柱を、目を擦《こす》りたくなるような神秘で、次から次へと悉《ことごと》くあっさり撃破していく――

そして、呆気《あっけ》に取《と》られてグレンの快進撃を眺めるフェロードがぼそりと呟《つぶや》いた。

『〝機械仕掛けの神《デウス・エクス・マキナ》〟……ッ！』

そうしている間にも。

光速移動を繰り返し、グレン達があっという間に肉の柱の半分を撃破したところで。

不意に、グレンが叫んだ。

「しまった、白猫、やべぇ！」

「えっ⁉　何が⁉」

「俺、魔術触媒がもう尽きるわ！　後は任せた！」

光の風に乗りながら、ずっこけそうになるシスティーナ。

「なんつーか、現在から過去に至って、連戦に次ぐ連戦だったからなぁ……補給する暇もなかったしなー」

「ちょっとぉ⁉　なんとかしてくださいよ⁉」

「いや、だってなぁ……ナムルスの権能加護やセリカのお陰で、一時的にチートな魔術使えるっちゃ使えるけど……俺自身は三流だからなぁ？　魔道具や魔術触媒ねーと、マトモな攻撃手段がねーし」

「ぁあああああああああ、もうっ！　しまりませんねぇ⁉」

ふかーっと叫んでくるシスティーナに、グレンはうるさそうに耳を塞いで……やがて、にやりと笑う。

「ま、しゃーねぇ。ここは一つ、偉大なるお師匠様のお知恵を拝借しますか！」

懐《ふところ》からグレンは赤魔晶石を取り出して――何かを念じる。

「よし、これは使えそうだ」

そして――

グレンは、ピンッ！　と何かを親指で弾《はじ》いた。

虚量石《ホローツ》――言わずと知れたグレンの必殺技、【イクスティンクション・レイ】の残り少ない起動触媒だ。

「《我は神を斬獲せし者・我は始原の祖と終《おわり》を知る者・》──」

そして、眼前に落ちてくる虚量石《ホローツ》を左手で掴《つか》みつつ、いつもの呪文を唱え始めた。

「《其《それ》は摂理の円環へと帰還せよ・五素より成りし物は五素に・象と理を紡《つむ》ぐ縁は乖離《かいり》すべし・》──」

その瞬間。

「……ッ⁉　あの呪文を撃たせるな……ッ！」

フェロードが残された肉の柱に、咄嗟《とっさ》に命令を下す。

その命令に応じて。

残り半数の肉の柱が一斉に、上空のグレンへ向かって、その大口を、触手をもの凄い即で伸ばしていって──

「《いざ森羅の万象は須《すべから》く彼方に散滅せよ・》──」

その前に。

「《遥《はる》かなる虚無の果てに》ぃいいいいいいい──ッ！」

いつもとほんの少しだけ違う、グレンの呪文が完成した。

左手を頭上に掲げ——

いつものように展開される三つの魔術法陣が、炎熱・冷気・電撃の三属呪文を強引に合成、三属性の三極子が複合干渉作用することで生み出した虚数エネルギーが、光の砲撃となって放たれる——

——眼下の肉の柱ではなく、天へ向かって。

天に向かって放たれた極光の帯はそのまま無限の彼方へ吸い込まれていって——

そして、次の瞬間。

無数の巨大な光の柱となって、残された肉の柱達の頭上へと降り注ぐのであった。

その無数の巨大な光の柱達が、全ての肉の柱を容赦なく呑み込んでいく。

まさに、天より降り注ぎ死、怒りの神威とも呼べるその光景。

消えていく。

　消えていく。

　あれだけの絶望が。

あれだけの脅威が。

全て。

悉く、為《な》す術《すべ》もなく──消えていく。

眩《まばゆ》い光の中へ塵《ちり》と化して消えていく──……

塵は塵に。

灰は灰に──


『な……』


その冗談のような光景に、さしもの大導師フェロードも唖然《あぜん》とするしかない。

「黒魔改弐【イクスティンクション・メテオレイ】……さすがお師匠様だぜ」

掲げる左手の先に浮かぶ魔術法陣を解呪《ディスペル》して。

グレンが──眼下を見下ろす。

「それはさておき──邪魔者は片付いたな、これで」

『……ッ⁉』

グレンを見上げるフェロード。

高低差、二百メトラの距離を空けて。

最弱の愚者と、最強の魔術師《けんじゃ》が、ここに対峙《たいじ》する。

そして──次の瞬間だった。

「フェロードォオオオオオオオオオオオオ──ッ！」

グレンがなんの迷いもなく、光の風に乗って、フェロードへ向かって直滑降していくのであった。

『……くッ⁉』

咄嗟に、フェロードが空天神秘を行使する。

グレンと自分との間に無限大の距離を空けて、その進行を永遠に阻《はば》もうとする。

だが──

「その手品の種は──とっくに割れてんだよぉおおおおおお──ッ！」

すかさず、グレンが時天神秘を行使する。

その無限大の距離を超える到達時間を刹那に変えて──

「うおおおおおおおおおおおおおおおおおおおお──ッ！」

そのままグレンは、フェロードを飛翔《ひしょう》する勢いのまま──殴りつけるのであった。

その顔面に容赦なく拳をめり込ませ──そのまま一気に振り抜く。

『があああああああ――ッ⁉』

『きゃあっ⁉　ふぇ、フェロード様ッ⁉』

吹き飛んでいくフェロードに、レ＝ファリアが悲鳴を上げる。

「言っておくがなぁ――ッ！」

さらに、グレンが飛翔する。

システィーナが操る光の風に乗って、どこまでもどこまでフェロードに追《お》い縋《すが》る。

飛んでいくフェロードへ速攻で追い付き――振り上げるようなボディブロウをねじ込む。

『ぐぶぅうううう⁉』

すぐさまグレンは身を捻《ひね》って、フェロードの延髄に踵《かかと》落とし。

高速落下するフェロードへ瞬時に追い付き、回し蹴り、その垂直落下運動を、水平方向の等速直線運動へと変換して――

「てめぇには容赦しねえぞ、ごらぁあああああああ――ッ！」

それにさらにさらに、追い縋り、グレンがラッシュを仕掛ける。

全身全霊の力を込めて――魔力全開で、一撃一撃、世界の果てまで撃ち抜くように拳を撃ち込んでいく。

「もういい加減、うんざりだ、この変態野郎ッ！　過去でも現代でも、散々舐《な》めた真似《まね》しくさりやがって……ッ！」

顎強打、鳩尾《みぞおち》蹴り、こめかみ肘撃ち、大腿《だいたい》骨へ蹴撃、顔面強打。

フェロードの胸ぐらを左手で掴んで、顔面を右拳で強打、強打、強打――

さらに突き飛ばし、ボディブロウ、レバーブロウ、アッパーカット、浴びせ蹴り――

『がぁあああッ⁉　あぐぅうう⁉』

フェロードは、まるで滑稽な操り人形のように身体《からだ》をガクガクさせながら、フェジテ上空のあっちこっちへと吹き飛ばされていって――……

その都度、瞬時に先回りしたグレンによって、激しく殴られて――

「馬鹿騒ぎは――これで終《しま》いだ、馬鹿野郎ォオオオオオオオオ――ッ！」

最後に。

光の風が運ぶ神速を乗せた、一際《ひときわ》壮絶な右ストレートを、駄目押しのようにフェロードの顔面へとブチ込んで。

容赦なく、拳を振り抜いて――

『あがっあああああああああああああああ――ッ⁉』

フェロードは縦回転しながら、飛んでいくのであった。

だが、されど。

腐っても、天の智慧《ちえ》研究会最高指導者、《大導師》。

唐突なるグレンの登場に動揺し、グレンに不意を討たれたせいで、ここまで遅れを取ったとはいえ――この程度でやられるような器では到底ない。

空間を操作し、自身が吹き飛ばされる勢いを殺し――

「……くっ……ッ⁉」

フェロードは体勢を立て直し、腫れた顔で、グレンを睨《にら》み付《つ》けるのであった。

「なんだこれは……ッ⁉　なんなんだこの展開は⁉　〝機械仕掛けの神《デウス・エクス・マキナ》〟ッ！　〝機械仕掛けの神《デウス・エクス・マキナ》〟……ッ！　〝機械仕掛けの神《デウス・エクス・マキナ》〟ぁああ……ッ！」

そんな風に、怨嗟《えんさ》と憤怒《ふんぬ》を吐き散らかすフェロードの前へ。

グレンが飛翔してきて、拳を構えて対峙する。

「おー、おー、いい面になったなぁ？　おい。前よりよほど男前だぜ？」

煽《あお》るように言い放つグレン。

「先生！」

そして、グレンの背後に追いつく、システィーナ、ルミア、ル＝シルバ。

そんな連中を前に、フェロードが憎々しげに吐き捨てる。

「グレン……なぜ……君がここにいる？」

「……は？　何言ってんだ？　お前。……沸いたか？」

「なぜ、君がここにいるのかと、聞いているんだ！」

フェロードが怒りのままに吐き捨てた。

「君がここにいるわけがないんだ！　君はあの時代の閉じた円環の中で、愛する空《セリカ》と共に、永遠に終わらない幸せな箱庭で過ごすはずだった！

君が、この現代に帰還しているのは——本来、ありえない展開なんだよッッッ！」

「……ッ！」

その瞬間、グレンの目が鋭く細められる。

構わず、フェロードが吐き捨てるように続ける。

「なのに……なぜだ⁉　なぜ、君が……今、ここに、存在しているんだぁああああああああああああああああああああああああああああああああ——ッ⁉」

そんなフェロードの問いに。

「……一体、なんで、お前がそんなことを知ってるのか、知らねーし、クソどうでもいいけどな。俺からお前に言いたいのは一言だけだ」

グレンが、フェロードを鋭く睨み付けて——唾棄するように言い捨てた。

「舐めるな。馬ぁ～鹿」

「――――ッ!?」

その言葉に、全身を稲妻に撃たれたような衝撃を受けるフェロード。

その瞬間。

フェロードは……ようやく悟ったのだ。

自分が数千年かけて書き続けた脚本。悲願に至る渾身《こんしん》のストーリー。

だが、この時代になって、次から次へと予想外の方向へ様々なことが外れていく。

書き直しても、書き直しても、いくら軌道修正しても、最後はいつも予想外、予定外の方向へズレていく。

自分が一番、望まない展開へと向かっていく。

なぜか？　その原因は何か？

否《いな》――誰だったのか？

誰がこの完成された完璧な筋書きに、多大なる影響を与え続けてきたのか。

世界最高の指導者、希代の女王、アリシア七世か？　否。

誇り高き炎の系譜、イヴか？　否。

狂える正義、ジャティスか？　否。
天に至る英雄剣士、リィエルか？　否。
理を見通す右眼《みぎめ》、アルベルトか？　否。
その他の――この時代に音高き英雄級の誰かか？　否。否。否。
断じて――否！
それは――

「……君だ」

フェロードが絞り出すように言った。

「それは……君だ、グレン＝レーダス」

「…………」

「君が……君のせいで、僕の脚本が全て変わった……僕の悲願が……この世界を救うという僕の願いが……ッ！　君のせいで、君の……君のせいでぇええ――ッ！」

どがぁんっ！　炸裂音《さくれつ》。

フェロードの身体が、がくん、と大きく後方に仰《の》け反《ぞ》った。

グレンが早撃ちで放った、魔銃《クイーンキラー》の大口径球弾頭が、フェロードの顔面をしこたま殴りつけたのだ。

「がは――ッ⁉」

「どやかましいわ。わけわからんこと言いやがって」

銃口から立ち上る硝煙を、ふっと吹き、グレンが言い捨てる。

その時、グレンは、この銃の本来の主――アリシア三世が、このフェジテのどこかで満足そうに笑いを浮かべている……なぜかそんな気がした。

「ご託はもういいんだよ。ケリつけるぞ、大導師――いや、魔王」

「……くっ⁉」

真なる最終決戦が始まる予感に。

頭上のグレン達《たち》を見守る誰もが息を呑《の》む――……

『……フェロード様……ッ⁉』

「ああ、大丈夫だよ、レ＝ファリア……僕は大丈夫だから」

不安げなレ＝ファリアへそう言って。

フェロードが落ち着きを取り戻し、グレンに向き直る。

「どうやら……グレン、君はラ＝ティリカの新たな契約者となり、その権能と……そして、空《セリカ》の術式を一部受け継いだようだね？」

「…………」

「まぁ、人間にしてはなかなかの力だとは思うけどさ……そんな借り物の力で粋がるのはそろそろ終わりにした方がいいんじゃないかな？」

「…………」

「勝てると思ってるの？　この僕に。たまたま上手《うま》く僕の不意を突けたくらいで、調子に乗っちゃったかな？」

「…………」

「言っておくけど、君は弱いよ？　魔術師として、あの時の空《セリカ》には遠く及ばない。

確かに、今の僕だって様々な不運が重なって、かつてほどの力はまだ戻ってないけど……それでも、君ごときを始末するには充分すぎるほどの力がある」

「…………」

「もう一度聞くけどさ。本気で僕と戦うの？　勝てると思ってるの？」

そんな風に不敵に笑うフェロードへ。

グレンは、自身でも不思議に思いながら、にやりと煽るように笑って言った。

「ああ。負ける気がしねぇ」

グレンのそれは、最早《もはや》、確信だった。

そして、そんなグレンの言葉は、いたくフェロードの自尊心を傷つけたらしい。

「〜〜〜〜ッ⁉」

フェロードは一瞬、自分ともあろう存在に対して、こうもあっさり勝利宣言されたことに呆気《あっけ》に取《と》られて……

「やっぱり……君だけは、僕がこの手で始末するよ」

やがて、据わった目でそう吐き捨てて、フェロードが全身の魔力を高め始める。

以前、過去の世界でも味わった、次元の違う存在感と魔力が顕現し、その世界全てを押し潰さんと昂《たか》ぶってくる——

しかし、それに臆さず屈せず、グレンは叫んだ。

「システィーナ、ルミア、ル＝シルバ……行くぞ！　気合い入れろ、最後の戦いだ！」

「はいっ！　お爺《じい》様の無念を晴らすため、全力で行きます！」

「わかりました、先生！」

「うん、私の力……存在……全部、貴方《あなた》に捧《ささ》げるよ、グレンッ！」

そして、グレン達も来たるべき戦いに備え、魔力を高めつつ身構えて。

『フン。ついにこの時が来たわね……レ＝ファリア』

ルミアの肩に乗る小さなナムルスが、全てを見届ける覚悟で場を見据え。

『ラ＝ティリカ姉様……ッ！』

フェロードに寄り添うラ＝ティリカが、憎々しげにナムルスを睨み付けて。

フェジテの誰もが、これから始まる世界の命運を分かつ一大決戦を見守ろうと、瞬《まばた》きもせず上空を見上げ続けて――

誰もが息を呑んだ――

まさに――その時だった。

「あっ。もうそれはいいからさ」

ドシュ！　肉を穿《うが》つ鈍い音。

「「「「「「「えっ⁉」」」」」」」

その瞬間、誰もが唖然《あぜん》とした。

グレン達は当然、イヴからアルベルト、リィエル、グレンのクラスの生徒達、帝国軍将校に兵士達、フェジテの市民に至るまで。そして──……

「……な……？」

全ての元凶──最強の魔王たるフェロードまで。

誰もが等しく、唖然とした。呆然《ほうぜん》とした。呆気に取られた。

その時間を止めるしかなかった──

なぜなら。

フェロードの胸部に──黒い刃《やいば》が生えていた。

見る人が見ればわかるだろう、それは──《鉄騎剛将》アセロ＝イエロと同じ神鉄《アダマンタイト》の刃だった。

「……え……？」

フェロードの背後に、誰かが……いる。

いつの間にか。

本当にいつの間にか、何もない空間に、その男は立っていた。

「だって、勝負はもう見えてるじゃないか。何、１００％グレンが勝つ。……〝読んでいる〟よ」

その男は、山高帽を深く被《かぶ》り直しながら、右手から伸ばした神鉄《アダマンタイト》の刃を……フェロードの背中に突き立てている神鉄《アダマンタイト》の刃を、グリッと捻《ねじ》る。

「が――ッ⁉　げほっ⁉　ぁ、がぁあああ……ッ⁉」

「〝王道展開〟と〝先の見えた退屈な展開〟は似て非なるものさ。そんな結末がわかりきった話……もうわざわざ披露する必要なんてないだろう？

まぁ、安心しなよ、魔王。君が積み上げたものは、僕が正しい形で引き継ぐからさ……今こそ、この世界に真なる正義を為すために、ね」

グレンは、とうとうと語るその男の姿に目を剝《む》いた。

その見覚えがありすぎるフロックコート。

その見覚えがありすぎる背格好。ねっとりと絡《から》みつくような不快な美声。

忘れもしない。忘れるものか。

一体、何があったのか……その存在規格と魔力が、魔王《フェロード》とは比べ物にならないほど絶大に跳ね上がっているが……その根本――吐き気を催す雰囲気だけは変わらない。

そして、その男はまるで熱に浮かされたように、だがしかし、神の反論すら許さぬ厳然たる意志をもって、グレンに語りかけてくる――

「さて。そんな脇役はおいといて……そろそろ僕達の物語を始めよう、グレン。真の最終幕を、僕と君とで紡《つむ》ぎ上《あ》げようじゃないか。

くくく……最高に……至高に盛り上がる最終幕をね……ッ！　ははははははははははははは！　あっははははははははははははははは――ッ！」

そんな風に、歓喜に身体《からだ》を震わせて高笑いするその男へ。

なぜ、お前がここにいるのか？

そんなことは最早、心底どうでもよくて――

「ジャティスゥウウウウウウウウウウウウウウウウウウウウウ――ッ！」

グレンが様々な激情を込めて、その忌々《いまいま》しい名前を叫ぶ。

今、ここに。

混沌《こんとん》と昏迷《こんめい》を極め、正真正銘、真の最終幕が上がる――……

あとがき

こんにちは、羊太郎《ひつじたろう》です。

今回、『ロクでなし魔術講師と禁忌教典《アカシックレコード》』第二十一巻、刊行の運びとなりました。

編集者並びに出版関係者の方々、そしてこの『ロクでなし』を支持してくださった読者の皆様方に無限の感謝を。

二十一巻！　今回は前回からの続き……フェジテ大決戦の後半戦、といった感じです。

いやぁ、前回も大概カオスだったけど、今回も大概カオスです（笑）。

しかし、我が小説ながらよくもまぁ、ここまで話が膨らんだなぁと書きながら感心してしまいました。

さて、二十巻、二十一巻と続く決戦の中心人物はもちろん、リィエル、イヴ、アルベルトの三人ですが……今回でとうとう彼らの物語に一つの終止符が打たれました。その三人について書きたいことを、ずっと前から予定していたことを、ようやく書き切ることができました。

よくやった……よくやったよ、僕。なんか一人、ヒロインレースをぶっちぎりで先行している子がいるような気がしますが、一体どうしてこうなった？　と、作者ながら困惑するしかないことはさておき。一体、彼らの物語がどんな風に着地したのか、読者の皆様に楽しんでいただければ幸いです。

そして、今回のこの戦いの話の中心にいるのは、確かにリィエル、イヴ、アルベルトの三人ですが……この『ロクでなし』という物語に登場する誰か一人でも欠けたら、ここまでの話の展開はきっと書けなかったはずです。こうして改めて振り返ってみれば、名有りのサブキャラから、名無しの脇役まで、誰もが英雄だった、正義の魔法使いだったんだ……と思いました。手前味噌《てまえみそ》ですが、このような話を書くことができて本当によかった。

そして、このような話を書くには、やはり長く続いた積み重ねこそが大切なので、これまで支えてくれた読者の皆様には感謝するばかりです。

さて、今回でこの物語は一つの大きな結末にたどり着き、『ロクでなし』で語るべき物語はいよいよ残り少なくなってきました。

次からは正真正銘の最終章です。まだ作中で明かされていない最後の謎──『メルガリウスの天空城』と、この世界の根幹に関わる秘密。そして、かつて正義の魔法使いに憧れ、目指し、挫折した主人公──グレンの物語。ついに、それらが語られることになるでしょう。迷いながら、歯を食いしばりながら駆け抜けた果てに、グレンは一体、何を見るのか……？　最後まで気を抜かずに頑張ります。どうかよろしくお願いします。

それと、Twitterで生存報告などやってますので、ＤＭやリプで作品感想や応援メッセージなど頂けると、とても嬉《うれ》しいです。羊が調子に乗って、やる気ＭＡＸになります。ユーザー名は『@Taro_hituji』です。

それでは！　次は波乱の二十二巻でお会いしましょう！

羊太郎

富士見ファンタジア文庫

ロクでなし魔術講師《まじゅつこうし》と禁忌教典《アカシックレコード》21

令和４年６月20日　初版発行
令和６年10月25日　３版発行

著者――羊《ひつじ》 太郎《たろう》

発行者――山下直久
発　行――株式会社KADOKAWA
〒102-8177
東京都千代田区富士見2-13-3
0570-002-301（ナビダイヤル）
印刷所――株式会社KADOKAWA
製本所――株式会社KADOKAWA

本書の無断複製（コピー、スキャン、デジタル化等）並びに無断複製物の譲渡および配信は、著作権法上での例外を除き禁じられています。また、本書を代行業者等の第三者に依頼して複製する行為は、たとえ個人や家庭内での利用であっても一切認められておりません。

※定価はカバーに表示してあります。
●お問い合わせ
https://www.kadokawa.co.jp/（「お問い合わせ」へお進みください）
※内容によっては、お答えできない場合があります。
※サポートは日本国内のみとさせていただきます。
※Japanese text only

ISBN978-4-04-074579-4 C0193　◆◇◇

©Taro Hitsuji, Kurone Mishima 2022
Printed in Japan

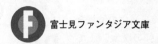

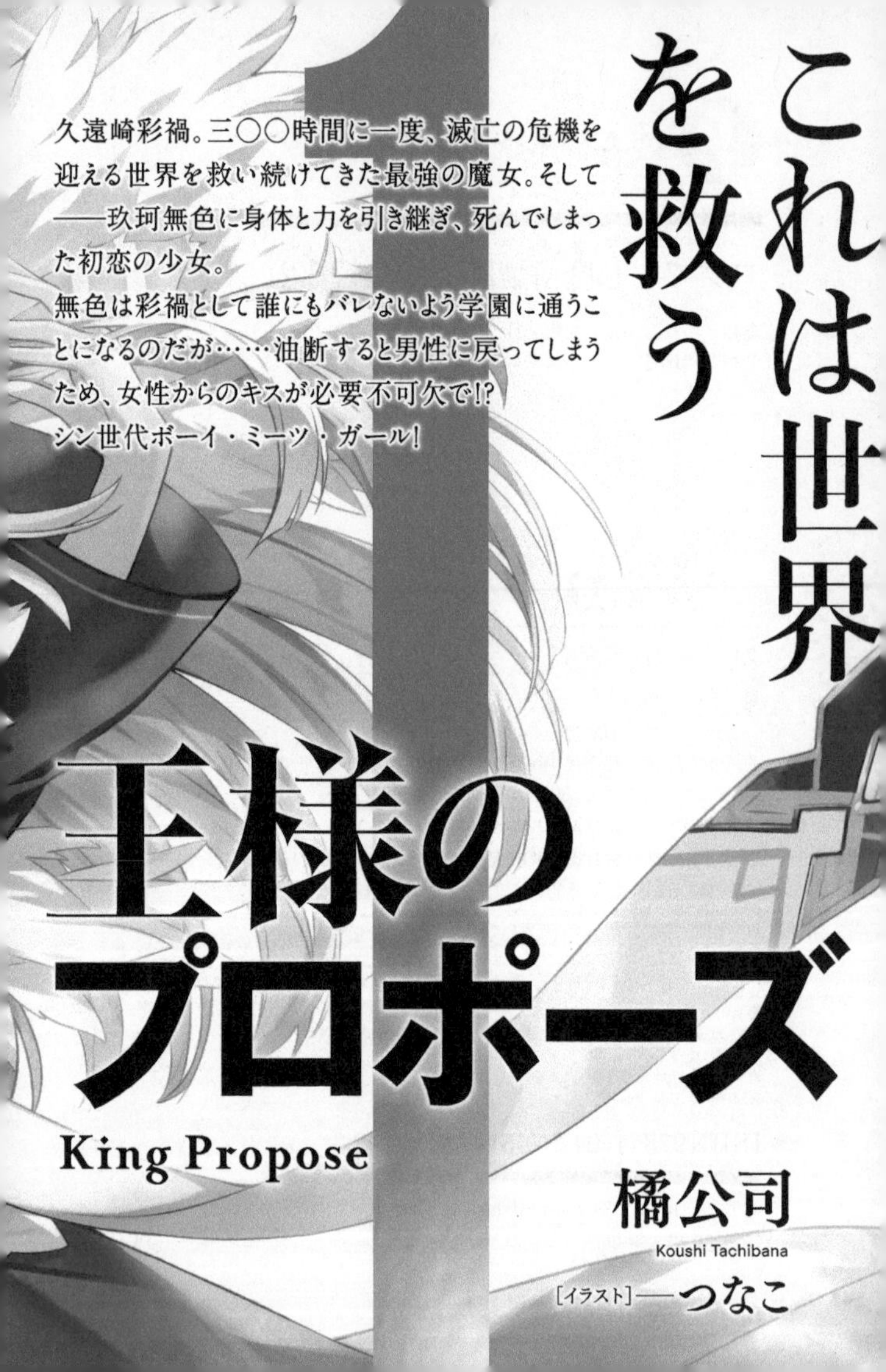

これは世界を救う

久遠崎彩禍。三〇〇時間に一度、滅亡の危機を迎える世界を救い続けてきた最強の魔女。そして——玖珂無色に身体と力を引き継ぎ、死んでしまった初恋の少女。

無色は彩禍として誰にもバレないよう学園に通うことになるのだが……油断すると男性に戻ってしまうため、女性からのキスが必要不可欠で!?

シン世代ボーイ・ミーツ・ガール!

王様のプロポーズ

King Propose

橘公司
Koushi Tachibana

[イラスト]——つなこ

最強の初恋
シリーズ
好評発売中!
ファンタジア文庫

ティナ
四大公爵家の
ひとつ、ハワード家に
生まれた公女殿下。
なぜか誰でも扱える
程度の魔法すら使う
ことができない。
変える
はじめましょう
アレン
公爵令嬢ティナの
家庭教師を務める
ことになった青年。魔法
の知識・制御にかけては
他の追随を許さない
圧倒的な実力の
持ち主。
発売中!

公女殿下の家庭教師

Tutor of the His Imperial Highness princess

あなたの世界を魔法の授業を

STORY 「浮遊魔法をあんな簡単に使う人を初めて見ました」「簡単ですから。みんなやろうとしないだけです」 社会の基準では測れない規格外の魔法技術を持ちながらも謙虚に生きる青年アレンが、恩師の頼みで家庭教師として指導することになったのは『魔法が使えない』公女殿下ティナ。誰もが諦めた少女の可能性を見捨てないアレンが教えるのは——「僕はこう考えます。魔法は人が魔力を操っているのではなく、精霊が力を貸してくれているだけのものだと」常識を破壊する魔法授業。導きの果て、ティナに封じられた謎をアレンが解き明かすとき、世界を革命し得る教師と生徒の伝説が始まる!

シリーズ好評

ファンタジア文庫

切り拓け！キミだけの王道
ファンタジア大賞
原稿募集中！
賞金
《大賞》300万円
《金賞》50万円
《銀賞》30万円
選考委員
細音啓 「キミと僕の最後の戦場、あるいは世界が始まる聖戦」
橘公司 「デート・ア・ライブ」
羊太郎 「ロクでなし魔術講師と禁忌教典《アカシックレコード》」
ファンタジア文庫編集長
前期締切 8月末日
後期締切 2月末日
公式サイトはこちら！ https://www.fantasiataisho.com/
イラスト／つなこ、猫鍋蒼、三嶋くろね